Anna Lena Stapelfeldt

Manchmal denkt man, es sei Liebe.

AF281954

Dieser Text soll ermutigen, enthält aber trotzdem Szenen psychischer und physischer Gewalt, die belastend oder retraumatisierend auf Leser:innen wirken können.

Wenn du noch mehr über Sophia erfahren möchtest, kannst du dir das

Prequel „Der Ball"

auf der Website der Autorin unter annalenastapelfeldt.de/der-ball/ herunterladen.

Anna Lena Stapelfeldt

Manchmal denkt man, es sei Liebe.

Roman

Impressum

Bibliografische Information der Deutschen Nationalbibliothek:
Die Deutsche Nationalbibliothek verzeichnet diese Publikation in der Deutschen Nationalbibliografie; detaillierte bibliografische Daten sind im Internet über http://dnb.dnb.de abrufbar.

© 2022 Anna Lena Stapelfeldt (annalenastapelfeldt.de)

Coverdesign: Ni Putu Paulina Merta (putupaulina.com)

Herstellung und Verlag: BoD – Books on Demand, Norderstedt

ISBN: 978-3-7562-5817-8

Für meinen Mann,

dessen Liebe vollkommen fehlerfrei ist.

PROLOG

Knack. Ganz schön laut. Ob alle anderen das wohl auch hören? Noch eine Haselnuss wandert in ihren Mund, während Sophia sich mit gesenktem Blick umsieht. Keiner im Lesesaal schenkt ihr Beachtung. Volle Konzentration. Knack. Irgendwo hat sie gelesen, dass der Verzehr von Nüssen die Konzentration steigern soll. Vor ihren Augen verschwimmen schon wieder die Buchstaben. Sie streckt den Rücken durch und atmet einmal tief ein. Vielleicht fehlt ihr einfach noch das richtige Lehrbuch. Eins, das sie richtig fesselt. Sie schmunzelt. Schulterzuckend erhebt sie sich und dringt tiefer in die Regalgänge der zentralen Universitätsbibliothek ein. Der Blick schweift über abgegriffene Buchrücken. Ihre Schritte klingen dumpf auf dem Industrieteppichboden, der diesen ganz besonderen alten Duft verströmt. Es klingt fast so, als würde sie über einen mit Moos bewachsenen Waldboden gehen. In der richtigen Abteilung angekommen, nimmt sie einzelne Bücher in die Hände. Das Gewicht der Bücher lässt auf deren

Inhalt schließen. Sophia verdrängt den Gedanken an ihre Rolle hier. Sie wurde angenommen. Irgendeinen Grund wird das haben.

„Na, unentschlossen?" Neben ihr steht ein hoch gewachsener Schönling, dem man das Jurastudium von den Haaren bis in die Fußspitzen ansieht. Gestyltes blondes Haar, legeres, aber eng geschnittenes, hellblaues Hemd, eine Jeans mit genau der richtigen Dosis an Löchern, braune Lederslipper.

„Kann man so sagen. Steht doch eh überall das gleiche drin." Sophia streicht ihren Wollrock glatt und kontrolliert mit einem kurzen Blick nach unten, ob die Knöpfe ihrer Bluse alle geschlossen sind. Kurz hängt ihr Blick an dem kleinen Sternenarmband: Ein Geschenk ihrer besten Freundin. ‚Damit du immer deinem Stern folgen kannst‘, hatte sie in der Glückskarte zum Studienbeginn geschrieben. Sophia lächelt und hebt den Blick wieder.

Der Typ lächelt und tippt sich dabei leicht mit dem linken Zeigefinger aufs Kinn. Sophia fallen seine vollen Lippen auf. Hoffentlich wird sie nicht rot.

„Ich kann dir das hier empfehlen", sagt ihr Gegenüber und zieht einen dicken Wälzer aus dem Regal.

Sophia muss blinzeln und sich kurz schütteln, um wieder in der Realität anzukommen. „Äh – danke."

„Kein Ding." Der Typ stromert bereits zum nächsten Regal. Am Ende des Ganges dreht er sich nochmal um und grinst: „Hi! Ich bin Jesper."

„Sophia." Sie grinst auch.

TEIL 1
SZENEN EINER LIEBE

ALLTAG

Die Tischplatte vibriert kurz und danach leuchtet das Display ihres Handys auf.

„Im Biomarkt um 18:00 Uhr?", steht darauf. Sie schickt einen erhobenen Daumen zurück. In ihr steigt Vorfreude auf. Gemeinsam einzukaufen fühlt sich für sie wahnsinnig erwachsen an.

Einige Akten liegen noch vor ihr. Seufzend beginnt Sophia, letzte Anmerkungen ihrer Chefin in die von ihr vorbereiteten Schriftsätze einzufügen. Als Referendarin steht man nicht gerade oben in der Nahrungskette einer Kanzlei. Korrektur- und Schreibarbeiten sind zur Zeit ihr täglich' Brot. Aber immerhin kann sie sich mit diesem Nebenjob die wunderschöne Wohnung im Hamburger Norden mit Jesper teilen. Ihr Stolz ließe nicht zu, dass er die gesamte Miete allein trägt. Auch wenn er trotz ihrer Bemühungen weit mehr als die Hälfte zahlt.

Der Heizkörper hinter ihrem Schreibtisch beginnt zu blubbern, langsam wird es kühler und der Hausmeister hat die gesamte Heizung erst vor wenigen Tagen wieder eingeschaltet. Während ihre Finger über die Tastatur fliegen und sie immer wieder einen kontrollierenden Blick nach rechts auf die geöffnete Akte fallen lässt, vibriert ihr Handy nochmals.

„Hast du die Einkaufstaschen dabei?"

„Nein", antwortet sie schnell und will sich gerade wieder dem Schriftsatz vor ihr widmen.

Da vibriert es erneut: „Schaffst du es vorher noch nach Hause, um die zu holen?" In Sophia zieht sich etwas in der Magengrube zusammen. Es ist viertel nach fünf. Sie braucht noch mindestens 20 Minuten für ihre Aufgaben von heute. Im Grunde genug Zeit, um entspannt um sechs beim Biomarkt anzukommen. Zuerst in die Wohnung zu fahren, bedeutet einen Umweg von mindestens 25 Minuten. Das wird sehr, sehr eng.

„Können wir da nicht welche kaufen? Muss noch etwas länger arbeiten."

Kurze Pause. Vibration. „Joa, wenn es sein muss. Das Geld könnten wir halt auch sparen. Wäre schon cool, wenn du es vorher noch schaffst."

Das Geld. Sein Geld. „Ok, ich beeil mich."

„Super, du bist die Allerbeste!" Sophia lässt das Handy in ihre Tasche gleiten. Ohne Konzentration wird es hier nur noch länger dauern. Ihr Herz schlägt so stark, dass sie das Gefühl hat, auch ihre Fingerspitzen auf der Tastatur pulsieren. Sie atmet tief ein und bemüht sich, ruhig wieder auszuatmen. Mit der rechten Hand kratzt sie sich kurz zwischen dem linken Zeigefinger und Daumen. Die Stelle ist schon ganz rot.

„Wie war dein Tag?", begrüßt Jesper sie, während sie vom Fahrrad absteigt. Sie setzt den Helm ab und lächelt, während sie wieder zu Atem kommt.

„Stressig, wie immer. Und deiner?"

„Super. Ganz entspannt." Jesper zieht sie an sich und küsst sie im Halbdunkeln unter der Straßenlaterne, an der sie gerade ihr Fahrrad angeschlossen hat. Er küsst sie, als könnte niemand anderes sie sehen. Für einen kleinen Moment verschwindet die Außenwelt, verstummen die Motorengeräusche von der Straße und die Sirene einige Blöcke weiter weg, verwischen die Lichter und Gestalten, die sich durch die Abenddämmerung bewegen.

„Besser?", flüstert er ihr ins Ohr.

Sie grinst. „Ja, vielen Dank." Hand in Hand mit fest verschlungenen Fingern gehen die beiden in den Biomarkt. Es fühlt sich immer noch an, als würde die Welt um sie herum in Zeitlupe agieren. Die Lautstärke der Hintergrundmusik im Laden ist dezent. Leise Klavierklänge bahnen sich den Weg in die Gehörgänge der Kunden und verlangsamen scheinbar deren Bewegungen. Der Obststand am Anfang verströmt den Duft verschiedener tropischer Früchte, die sich frisch aufgeschnitten als Probierhäppchen präsentieren. Sophia vergisst den draußen mit großen Schritten heranrückenden Herbst und genießt den sommerlichen Geschmack auf ihrer Zunge. Während sie noch dabei ist, die gelbe Frucht herunterzuschlucken, dreht Jesper sich mit einer ausschweifenden Armbewegung um, als wolle er einen imaginären Boxsack treffen.

„Alter, was macht ihr denn hier? Samuel, Moin! Wie geht's?", fragt er seinen besten Freund, der gerade gemeinsam mit seiner Freundin den Biomarkt betreten hat. Die beiden klatschen ihre Handflächen ineinander und ziehen sich dann gegenseitig an den Händen in eine kurze Umarmung, die eher ein gegenseitiges Schulter- oder Biszepsabklopfen ist. Sophia begrüßt lächelnd Karla, die sich zu ihr beugt, um Sophia links und rechts Luftküsschen in die Nähe ihrer Ohren zu hauchen.

„Läuft alles bestens", erklärt Samuel, um Jespers Frage zu beantworten. „Hab gerade heute ne' fette Beförderung bekommen. Da können wir morgen Abend in der Distille drauf anstoßen. Mehr Geld und nen Firmenwagen, was will man mehr?"

Jesper nickt mit herausgestülpter Unterlippe. „Geil Mann, und wie viele Stunden musst du dafür mehr arbeiten?" Er lacht über seinen eigenen Witz. Samuel geht nicht weiter auf die Frage ein und wechselt das Thema.

„Und bei euch? Sophia, was macht der Job?", fragt er an Sophia gerichtet. Sophia setzt gerade an, um zu antworten, da ergreift Jesper das Wort.

„Meine Süße hat es voll drauf. Ihre Chefin kann sich so auf sie verlassen, dass sie jetzt schon eigene Akten bearbeitet. Ich bin echt stolz auf sie. Sie ist halt nicht nur zu Hause der Wahnsinn", fügt er hinzu, als würde Sophia nicht direkt neben ihm stehen. Ihr werden in diesem Moment ihre Arme ausgesprochen bewusst, die einfach so an ihr herunterhängen. Jesper hat sie schon oft darauf aufmerksam gemacht, wie gern er es hat, wenn sie etwas mehr „post", sobald Freunde von ihm dabei sind. ‚Die sollen doch auch sehen, was für Vorzüge du hast', klingt es in ihrem Kopf, während sie den Rücken durchstreckt und die Haare ihres kinnlangen, blonden Bobs mit der linken Hand hinter die Ohren streicht.

Samuel nickt und lächelt. „Wir haben schon Glück mit unseren Mädchen", sagt er und zieht Karla näher an sich heran. Sophia erkennt, dass auch Karlas Wangen leicht rosa anlaufen. „Wie auch immer, morgen Abend steht, oder?"

„Klar Mann, wie immer", bestätigt Jesper. „Und vergiss nicht, was Ordentliches anzuziehen. Nicht, dass ich wieder besser aussehe als du."

„Sagt genau der Richtige", antwortet Samuel, während er Karlas Hand nimmt und sie in Richtung der Kassen führt.

KOMMUNIKATION

„Wann wollen wir heute Abend los?" Die Morgensonne scheint gerade in das kleine Küchenfenster. Sophia hält ihr Gesicht in die Richtung und beißt in das frisch aufgebackene Brötchen. Ihre blonden Haare fallen nach hinten, während sie ihren Nacken streckt und versucht, die Alltagsverspannungen zu lösen.

„Abends irgendwann. Können wir doch spontan entscheiden." Jesper legt seine Füße auf den Stuhl neben sich und hält sein Gesicht ebenfalls in die warme Herbstsonne. Der kleine Tisch zwischen ihnen ist beladen mit Köstlichkeiten. Der Geruch von Rührei mit Bacon liegt in der Küche, genauso wie der frisch gemahlene und aufgebrühte Kaffee. Den Kaffeevollautomaten haben sie erst seit einigen Wochen, aber er gehört schon jetzt zu Sophias Lieblingsgeräten in der Küche.

„Soll ich dir noch einen machen?", fragt Jesper und deutet auf ihren leeren Latte Macchiato Becher.

„Liebend gern, danke."

Jesper steht auf und sie spürt, wie er seine Hände auf ihren Nacken legt und beginnt, sie zu massieren. Sein Mund ist jetzt direkt neben ihrem Ohr.

„Oder...", haucht er und fährt mit der Hand in ihr Spitzennégligé, das sie unter dem warmen Bademantel trägt.

„Oder?" Ihre Oberschenkel ziehen sich zusammen, während sie die Luft zischend durch die geöffneten Lippen einzieht.

Eine viertel Stunde später. Der Küchenboden ist kalt und Sophia spürt Krümel an der nackten Haut, die sich gerade schmerzhaft in ihren Rücken bohren.

„Ich glaube, wir müssen hier mal wieder saugen", lacht sie und dreht ihren Kopf zu ihrer Rechten. Neben ihr liegt Jesper, der noch nach Atem ringt, während er mit seinen Fingern um ihren Bauchnabel fährt. Er lacht auch und zieht sie an sich. Ein langer Kuss. Ruhe kehrt ein. Sophia merkt, wie die Endorphine sich Blutgefäß für Blutgefäß durch ihren Körper bewegen. Die Energie kribbelt in ihren Fingern. Sie ist angekommen in ihrem gemeinsamen Leben. Mehr wollte sie nie. Sie streicht unbewusst mit ihren Fingern über ihren leeren linken Ringfinger. Vielleicht etwas mehr.

„Trink nachher bitte nicht so viel." Am Abend steht Sophia vor dem Badezimmerspiegel und trägt ihre Wimperntusche auf.

„Wie immer."

„Wir wollen doch morgen früh zu meinen Eltern."

„Ach stimmt ja, das hab ich vergessen. Gut, dass du mich erinnerst."

„Also reißt du dich etwas zusammen?"

Jesper blinzelt kurz. „Was soll das denn jetzt? Willst du mich blöd von der Seite anmachen?"

Ein Stich in der Magengrube. Sophia zieht die Schultern zusammen und sieht Jesper an. Ihre Augen sind weit geöffnet.

„Was? Nein. Ich will nur, dass du morgen früh fit bist. Wenn du zu viel trinkst, bleiben wir immer zu lange und du bist am nächsten Morgen zu nichts zu gebrauchen."

Jesper zieht die Augenbrauen hoch. „Schön. Dann versuche ich es."

„Danke." Sophia schminkt sich weiter und Jesper verlässt den Raum ohne ein weiteres Wort. Im Spiegel blicken Sophia zwei mit Tränen gefüllte Augen an. Heute morgen war noch alles perfekt, wie konnte die Stimmung so umschlagen?

In der Bar um die Ecke, sitzt die Clique wie gewöhnlich am Ecktisch. Klirrende Gläser zum Anstoßen paaren sich hier zu einem Konzert mit Gelächter und herzlichen Begrüßungen.

„Die erste Runde geht heute aufs Haus", verkündet Antonio, der Eigentümer. „Wir hatten gestern Zehnjähriges. Das müssen wir doch mit unseren Stammkunden feiern." Begeisterungsbekundungen wechseln sich nun mit Bestellungen der feinsten Getränke ab. Sophia verdreht lächelnd die Augen. Stammkunden und gemeinsam feiern. Marketing vom Feinsten. Aber auch sie bestellt einen Gin Tonic und lässt sich auf dem Loungesessel nieder, der den besten Blick auf den gesamten Laden zulässt.

Zwei Stunden und mindestens sieben Runden später, legt Sophia ihre Hand auf Jespers Arm, der gerade zur Bar starten will.

„Denkst du an morgen früh?", fragt sie so leise, dass niemand anderes es hören kann.

„Ja, ja." Er dreht ihr den Rücken zu und setzt sich in Bewegung. Wenig später kehrt er mit zwei Drinks zurück.

Sophia lächelt, bis er den zweiten Drink Michelle in die Hand drückt.

„Auf uns, weil wir nur einmal leben." Michelle kichert und stößt mit Jesper an. Jesper legt seine Hand auf deren Knie und schaut ihr immer wieder direkt in die Augen. Sophias Mundwinkel ziehen sich mechanisch nach oben und bleiben dort für die nächste Stunde. Perfekt trainiert und dressiert. ‚Du bist echt die Beste, wie cool du bleibst, wenn ich mit anderen flirte. Einfach genial. Du bist ja überhaupt nicht eifersüchtig. Hast du ja auch keinen Grund für, aber es wäre mir wirklich zu anstrengend, wenn du ständig irgendwo ne Szene machen würdest.' Sie glühte vor Stolz bei dieser Erklärung. Der Ritterschlag für die coolste Freundin der Welt. Den Titel würde sie nicht wieder hergeben.

Die Geräusche um sie herum klingen heute jedoch dumpf in ihren Ohren. Sie spürt, wie ihre Hände beginnen, zu schwitzen und sich ihr Puls erhöht. In ihren Stiefeletten verkrampfen sich ihre Zehen. Aber sie lächelt.

Dann erhebt sie sich und greift nach ihrer Jacke und ruft in die Runde: „Leute, ich muss ins Bett. War cool, bis zum nächsten Mal!" Worte der Empörung gepaart mit gespielt enttäuschten Gesichtern.

Sophia beugt sich zu Jesper: „Kommst du mit?"

„Jetzt schon?"

Ohne Lust auf weitere Diskussionen erwidert sie: „Wie du willst, kannst auch nachkommen."

Sie verlässt die Bar allein und holt ihr Handy aus der Tasche. Wenigstens für den Heimweg quer durch den dunklen Park will sie ihre beste Freundin anrufen. Doch dann öffnet sich hinter ihr die kleine Flügeltür. Jesper steht da.

„Warte, ich komme." Er legt seinen linken Arm über ihre Schultern und geht mit ihr Richtung nach Hause. In Sophias

Augen sammeln sich die Tränen. Ihr Körper ist müde und ihre Nerven immer noch angespannt. Erleichtert atmet sie tief durch. Sie lässt das Telefon aus ihrer Hand wieder in die Handtasche gleiten.

„Ist irgendwas?", fragt Jesper sie etwas zu laut. Seine Ohren fühlen sich wahrscheinlich genauso taub an wie ihre nach der Geräuschkulisse der Bar.

„Nein, alles gut." Vor Sophias Augen tauchen wieder die Bilder von Jespers Hand auf Michelles Knie auf. Tränen laufen ihr stumm über das eiskalte Gesicht. Sie wischt sie weg und hofft, dass Jesper nichts bemerkt hat. Er ist jetzt da. Das zählt.

Im Fahrstuhl zu ihrer Wohnung lässt Jesper seine Hand langsam von ihren Schultern über ihren Rücken nach unten gleiten.

„Jesper, es ist spät, ich will nur noch ins Bett..." Er scheint sie gar nicht zu hören und drückt sie gegen den Spiegel im Fahrstuhl. Sie spürt seinen Körper auf sich.

„Ich will dich. Jetzt. Du siehst heute so wahnsinnig gut aus."

Sophia seufzt und drückt Jesper mit beiden Händen von sich weg. „Nein, ich bin wirklich nicht in Stimmung." Der Fahrstuhl kommt mit einem Ping zum Stehen und die Türen öffnen sich. Sophia betritt den Flur dicht gefolgt von Jesper. Sie öffnet die Wohnungstür und legt die Jacke auf der Garderobe ab. Während sie ihren Schal vom Hals abwickelt, beobachtet sie aus den Augenwinkeln, wie Jespers Gesichtszüge sich verhärten.

„Soll ich dir mal ein Glas Wasser holen?", fragt sie.

„Mach ich schon selber. Ich esse dann auch noch was." Er biegt um die Ecke und verschwindet in der Küche.

Sophia legt sich ein paar Minuten später ins Bett. Sie schließt die Augen. Öffnet sie wieder. Dreht sich auf die Seite. Auf die andere Seite. Hört auf die Geräusche aus der Küche. Ist hellwach.

Im Dunkeln steht sie wieder auf und geht in die Küche. Sein Blick wandert über ihren nur noch leicht bedeckten Körper, während er von seinem Käsebrot abbeißt.

„Tut mir leid, ich hab das Gefühl, dass wir uns streiten. So kann ich nicht einschlafen.", flüstert sie. Ihre normale Stimme wäre viel zu zittrig in diesem Moment.

„Ich streite mich nicht. Ich wollte einfach nur mit meiner Freundin schlafen, für die ich extra früher los bin. Aber wenn du nicht willst..."

„Ich, ich. Was heißt schon wollen? Ich will ja, ich bin nur so müde. Ich muss schlafen. Also ist alles in Ordnung?"

Jespers Augen blitzen und seine Oberlippe kräuselt sich für einen kurzen Moment. „Jap. Kein Ding. Ich wollte ja eh früh ins Bett gehen heute."

Sophia entgeht der sarkastische Unterton in seiner Stimme nicht. Sie geht einen Schritt auf ihn zu und beugt sich zu ihm herunter. Sie küsst ihn auf den Mund. Er schmeckt nach Käsebrot und Gin. Eine Welle der Zuneigung flutet ihren Körper. Extra für sie ist er früher mit nach Hause gekommen. Sonst wäre er bestimmt in der Bar mit seinen Kumpels und Michelle versackt. Wieso war sie ihm eigentlich böse? Sie küsst ihn nochmal und fährt mit ihrer Hand über seinen Schritt.

„Jetzt wo ich ohnehin nicht schlafen kann...", haucht sie in sein Ohr. Er erhebt sich und greift gekonnt unterhalb ihrer Pobacken zu, sodass er sie ins Schlafzimmer tragen kann. Er wirft sie rücklings aufs Bett und beugt sich über sie. Während seines Orgasmus laufen wieder stumme Tränen über Sophias nun glühend heißes Gesicht.

Mitten in der Nacht steht sie auf und trinkt etwas Wasser direkt aus dem Wasserhahn. Auf ihren Armen bildet sich eine Gänsehaut. Das kalte Wasser weckt ihre Sinne und die Erinnerungen. Das saure Gefühl, das sich aus ihrer Magengrube nach oben arbeitet, vertreibt sie mit einem weiterem Schluck Wasser. Sie hält sich an der Küchenzeile fest. Hört das Schnarchen aus dem Raum am Ende des Flurs. Schmunzelt bei dem Geräusch. Wie oft hat er schon behauptet, er würde überhaupt nicht schnarchen. Die Watte in den Ohren hilft etwas. Manchmal muss sie ihn trotzdem wecken. Ein Grummeln, vielleicht dreht er sich um. Wenigstens zwei Minuten Ruhe. Ein Zeitfenster fürs wieder Einschlafen.

Die erste Nacht neben ihm schlug ihr Herz viel zu laut, um überhaupt zur Ruhe zu kommen. In der Tasche neben dem Bett noch das am Vormittag ausgeliehene Buch. Sie konnte sich nicht einmal an den Titel erinnern. Nur an die Stelle in der Bibliothek, an der er sie ansprach. Das Kaffeetrinken danach dauerte den ganzen Tag. Voller Koffein und ohne etwas Festes im Magen pumpte ihr Herz nun unerbittlich. Seine Wohnung war größer als ihre. Die Junggesellenbude verdiente ihren Namen. Seine Coolness darüber aber auch. Geschirrstapel in der Spüle: ‚Moderne Kunst‘; T-Shirthaufen auf dem Wäscheständer: ‚Effizientes Arbeiten‘; Ungemachtes Bett: ‚Spart Zeit‘.

Das Bett war groß. Die Decke kuschelig. Er warm. So warm. Er hielt sie fest und sie wollte nie wieder los gelassen werden.

Am nächsten Morgen ging sie in den Klamotten vom Vortag zu sich. Kaufte in der Drogerie einen Rasierer. Hatte seinen Blick kurz davor beim Anziehen auf sich gespürt. Eine Kleinigkeit.

‚Ich hab vergessen, wie es ist, Sex zu haben‘, schrieb sie ihrer besten Freundin. Inga rief sofort an. ‚Wie ist das denn passiert?‘ Fassungslosigkeit auf der anderen Seite der Leitung. Sophia, die brave Studentin, hatte einen One-Night-Stand. Zumindest sagte sie das. Die Verabredung in zwei Stunden zum Mittagessen erwähnte sie nicht. Erzählte erst zwei Wochen später, dass sie diesen vier Jahre älteren wissenschaftlichen Mitarbeiter täglich sah. Konnte ihre Aufregung nicht mehr für sich behalten. Jeden Tag schickte er ihr die süßesten Nachrichten. Jeden Tag spürte sie ihre Dämme brechen. Spürte die Wände einreißen, die sie nach der letzten Trennung Stein für Stein aufgebaut hatte. Überflüssiges Mauerwerk, das nur den Blick auf das Schöne dieser Welt verbaute. ‚Wehrlos‘ nannte sie ihre Mutter. ‚Glücklich‘ nannte es Sophia.

Jetzt steht sie in der Küche und spürt die kalten Fliesen unter ihren nackten Füßen. Ihre gemeinsame Küche. Jahre später. Erwachsen. Eingewachsen. Zusammengewachsen. Zusammen. Immer noch. Ein lauter Schnarcher aus dem Schlafzimmer. Sie lächelt und schüttelt den Kopf, während sie zurück geht und ihm einmal über die Wange streicht. Er schläft weiter. ‚Nein, du schnarchst wirklich absolut überhaupt nicht‘, denkt sie und kuschelt sich eng an ihn.

WUNSCHGEDANKE

Der Kellner schenkt den bestellten Champagner ein und lässt die Flasche in dem Kühler direkt neben dem kleinen Tisch stehen. Die leise Klavierbegleitung aus dem Hauptraum dringt gedämpft in das Separee, das er für diesen Anlass gebucht hat. Ihr weinrotes Cocktailkleid passt farblich zu den Servietten, die zu Flamingos gefaltet zwischen ihnen aufgebaut sind.

Jesper nimmt sein Glas und prostet ihr zu: „Auf uns."

„Auf uns und die nächsten sieben Jahre." Sophia lächelt ihn an.

Sieben Jahre. Das Gespräch in der Universitätsbibliothek. Ihr ersten Treffen scheint wahnsinnig lang her zu sein:

Schulterzuckend erhebt sie sich und dringt tiefer in die Regalgänge der zentralen Universitätsbibliothek ein. Der Blick schweift über abgegriffene Buchrücken. Ihre Schritte klingen dumpf auf dem Industrieteppichboden, der diesen ganz besonderen alten Duft verströmt. Es klingt fast so, als würde sie über einen mit Moos bewachsenen Waldboden gehen. In der richtigen Abteilung angekommen, nimmt sie einzelne Bücher in die Hände.

„Na, unentschlossen?" Neben ihr steht ein hoch gewachsener Jura-Schönling.

„Kann man so sagen. Steht doch eh überall das gleiche drin." Der Typ lächelt und tippt sich dabei leicht mit dem linken Zeigefinger aufs Kinn. Eine Geste, die Sophia schwer an einen Wichtigtuer aus ihrer Schule erinnert. Sie verdreht im Kopf die Augen. Dann fallen Sophia seine vollen Lippen auf. Hoffentlich wird sie nicht rot.

„Ich kann dir das hier empfehlen", sagt ihr Gegenüber und zieht einen dicken Wälzer aus dem Regal. Sophia muss blinzeln und sich kurz schütteln, um wieder in der Realität anzukommen.

„Äh – danke."

„Kein Ding." Der Typ stromert bereits zum nächsten Regal. Am Ende des Ganges dreht er sich nochmal um und grinst: „Hi! Ich bin Jesper."

„Sophia." Sie grinst auch. Sie steht mit dem Buch in der Hand im Gang und spürt ihren Herzschlag deutlich.

Der Kellner bringt etwas Brot mit diversen Aufstrichen in winzigen Gefäßen als Gruß des Hauses.

„Sag mal, können wir uns den Laden überhaupt leisten?", flüstert Sophia und kichert.

„Besondere Anlässe erfordern besondere Maßnahmen." Er lächelt und bestreicht ein Stück Brot mit etwas das aussieht, als könnte es mal eine Avocado gewesen sein.

„Ohh ist das köstlich. Hier. Das musst du probieren." Er hält ihr den angebissenen Rest über den Tisch und während sie sich nach vorn beugt, um zu kosten, wird sie sich der Szenerie um sich herum immer bewusster.

Schickes Restaurant. Hübsche Abendkleidung. Separater Bereich nur für die beiden. Ein schwer verliebtes Paar, das gerade sieben Jahre gemeinsam verbracht hat und zusammen lebt. Er wird doch nicht etwa? Sophias versucht unauffällig zu prüfen, ob ihre Maniküre noch gut ist. Der linke Ringfinger wäre heute auf jeden Fall frei. Zu auffälligen Schmuck, der ablenken könnte, trägt sie ohnehin nicht. Nur ihr dünnes Silberarmband mit Sternen.

„Ich dachte wirklich, er macht mir einen Antrag", erzählt sie zwei Tage später Inga, ihrer besten Freundin, als die beiden sich zu ihrem wöchentlichen Parkspaziergang treffen. Im Kopf tauchen wieder die Bilder auf, wie Jesper vor ihr auf die Knie geht und sie fragt: ‚Meine Liebe, mein Herz, du bist alles für mich! Sophia Kristin Nissen, möchtest du meine Frau werden?' Sophia geht ebenfalls in die Knie und küsst Jesper, ohne zu antworten. ‚Bedeutet das ‚Ja'?', fragt er sie, während er eine Schatulle mit einem wunderschönen brillantenbesetzten Verlobungsring aus der Hosentasche zieht und öffnet. Sophia hat Tränen in den Augen und nickt, während sie ‚Ja' flüstert. Wie im Film oder besser gleich wie bei Gossip Girl, als Chuck Blair in letzter Minute einen Antrag macht und beide damit in das wohlverdiente Happy End steuern. Nach sechs Staffeln Auf und Ab. Nach dem Ringen um die wahre Liebe. Die pure Leidenschaft. Sophia seufzt innerlich immer noch, wenn sie an diese Liebeshochzeit denkt.

Soweit die Theorie. Während sie sich wieder an der Stelle zwischen Zeigefinger und Daumen kratzt, spürt sie, wie auch ihre Gesichtshaut anfängt zu brennen.

„Musst nicht rot werden", Inga stupst sie in die Seite. „So abwegig klingt das doch auch gar nicht. Ihr seid beide alt genug, seid ewig und drei Tage zusammen. Warum solltet ihr da nicht heiraten?"

„Ja, oder? Meinst du, ich sollte ihn da mal drauf ansprechen?"

„Keine Ahnung, vielleicht."

Am Abend nimmt Sophia ihren Mut zusammen und erzählt Jesper von einem Paar aus ihrer Schule, dass seit acht Jahren zusammen ist und sich nun verlobt hat. Er nimmt diese Information achselzuckend zur Kenntnis.

„Wir haben da noch nie so richtig drüber gesprochen. Aber ganz grundsätzlich und hypothetisch gesprochen, kannst du dir schon auch vorstellen, zu heiraten, oder?"

Jesper schiebt seinen Laptop etwas zur Seite und grinst. „Ja Sophia, grundsätzlich und hypothetisch gesprochen, kann ich mir das vorstellen und werde das auch irgendwann vermutlich tun."

Sophia wartet. Jespers Grinsen breitet sich zu einem Lacher aus. „Sei nicht ungeduldig. Wir haben doch noch Zeit."

Puh. Das klingt doch schon fast wie ein Versprechen. Sophia lässt das Thema fallen und schmiegt sich an ihn. In Gedanken plant sie schon das Brautkleidshopping mit Inga.

VORFREUDE

Die Tür fällt schwer ins Schloss und sie hört, wie er seine Schuhe in das Schuhregal direkt neben dem Eingang stellt. Die Schranktür öffnet sich und die Jacke wird verstaut. Ein paar Schritte und die Tür zum Wohnzimmer öffnet sich. Er grinst über beide Ohren.

„Naaaa!" Er grinst weiter. Sophias Mundwinkel ziehen ebenfalls nach oben. Sein Lachen war für sie schon immer ansteckend.

„Erzählst du mir, woher die gute Laune kommt?"

„Jap." Jesper lässt sich mit Schwung aufs Sofa nieder und setzt sich in einen Schneidersitz. Er dreht den Kopf zur Seite und schmunzelt, während er ihr in die Augen blickt. Sein Zeigefinger tippt zweimal gegen sein Kinn und er atmet hörbar durch die Nase ein, bevor er beginnt:

„Ich habe uns gerade Flüge nach Malta gebucht."

Sophia öffnet den Mund. Flüge nach wo? Malta? Flüge? Was? Statt einer Antwort legt sie den Kopf schräg, den Mund weiter geöffnet und zieht die Augenbrauen zusammen. Mit einer Bewegung der Hände bittet sie Jesper um weitere Infos.

„Ich dachte, wir fahren nächste Woche spontan weg. Urlaub haben wir doch eh, dann können wir auch richtig verreisen."

Langsam fällt bei Sophia der Groschen. Ihre Stimme kehrt zurück: „Und wir fliegen nach Malta? Wie viel kostet das denn?"

„Da wollte ich schon immer mal hin. Keine Sorge, ich lade dich ein. Ich möchte mit dir wegfahren, das ist mir wichtiger. Und außerdem war das ein Last-Minute-Angebot."

Sophia fängt langsam und leise an, zu lachen. „Wow, Ich weiß nicht was ich sagen soll. Danke?"

„Freust du dich?"

Sophia schüttelt sich kurz. „Ja klar, ich bin nur gerade etwas schockiert."

„Ach komm schon, wir sind seit sieben Jahren zusammen und du bist immer noch überrascht, wenn ich spontan etwas mache?"

Sophia reibt sich mit der rechten Hand die müden Augen und schüttelt den Kopf. „Hast recht, eigentlich müsste ich mich langsam dran gewöhnt haben. Mit dir zusammen zu sein, ist wie mit Vollgas über einen Waldweg brettern. Man weiß nie so ganz genau, was hinter dem nächsten Baum wartet."

„Baby, ich bin der Mann für dich", ergänzt Jesper mit einer gespielt coolen Gangsterstimme. Er legt seine Hand auf ihr Knie und blickt in ihre blauen Augen. „Wir fahren in den Urlaub", flüstert er.

„Ja", haucht sie ebenfalls. Sie lehnt sich zurück und schließt die Augen. Sie lächelt. „So schön", fügt sie ganz leise hinzu.

Zwei Tage später sitzt Sophia in ihrem Schlafzimmer auf dem Bett und packt ihren Wanderrucksack. Nur Handgepäck erlaubt, darauf hatte Jesper bestanden. Sophia zählt Socken und Unterwäsche ab und rollt ihre T-Shirts so fest wie möglich zusammen. Die gesamte Urlaubsplanung durch Jesper ist ein Mysterium: Er will ihr weder sagen, wo sie übernachten werden, noch was sie die ganze Woche über machen werden. In Sophias Bauchgegend kribbelt es deshalb seit der Verkündung. Aufgeregt wie ein kleines Kind vor Weihnachten, bereitet sie sich auf alle Szenarien vor: Mental ist sie sowohl auf einen All-Inclusive-Urlaub, als auch auf einen Campingplatz eingestellt. Sie legt die leichten Turnschuhe ganz unten in den Rucksack und erhebt sich vom Bett, um nach ihrer Jeansjacke zu suchen. Das Bett ist bereits übersät mit diversen Kleidungsstücken, die jedem Aufenthaltsszenario gerecht werden sollen.

Die größte Herausforderung steht ihr noch bevor: Das alles muss noch in den kleinen Rucksack. Jespers Rucksack steht noch leer auf dem Fußboden direkt neben dem Kleiderschrank. Er will packen, sobald er zurück ist. Sophia nimmt ihr Handy in die Hand, verbindet es mit der Anlage und lässt ihre „Guilty Pleasures"-Playlist auf voller Lautstärke abspielen.

„Hit me baby one more time", singt sie laut in ihre kleine Reisehaarbürste, bevor sie diese in die Seitentasche ihres Rucksacks verschwinden lässt. Sie bewegt ihren Körper zur Musik und spürt, wie der Rhythmus Energie zurück in ihren Körper bringt. Das Einräumen läuft fast von allein. Sophia muss sich ein paar mal die Strähnen ihres Bobs aus dem Gesicht beziehungsweise von den geschminkten Lippen streichen, weil diese durch ihre Bewegungen immer wieder nach vorne fallen.

Plötzlich piept die Anlage laut. Ihr Benachrichtigungston. Das Display ihres Handys leuchtet hell auf. Eine Sprachnachricht von Jesper. Sie lässt sie über die Lautsprecher abspielen.

„Hey Babe, wollte dir nur Bescheid geben. Samuel und ich sind hier noch ziemlich busy und er braucht unbedingt meine Hilfe. Du müsstest meine Sachen packen, ich schaffe das nicht mehr." Ende der Nachricht. Sophia seufzt. Im Hintergrund beginnt das nächste Lied. Langsamer, melancholischer.

Sie tippt auf ihr Handy: „Natürlich mach ich das. Wann kommst du denn ungefähr?" Keine Antwort.

Beide Rücksäcke stehen eine halbe Stunde später fast fertig gepackt auf dem Bett. Fehlen nur noch die Kosmetika. Sophias Täschchen ist schnell gepackt. Im Urlaub verzichtet sie normalerweise auf viel Schminke, nur eine Wimperntusche und ihre Sonnencreme kommen mit.

Jesper legt großen Wert auf seine Haarpflege. Sophia packt seine Sachen nach bestem Wissen ein. Er soll nachher nochmal drüber gucken. Als sie etwas Gel in die Seitentasche seines Kulturbeutels stecken will, berühren ihre Fingerspitzen etwas Spitzes. Metall. Nein, Alufolie? Mit Daumen und Zeigefinger zieht sie ein Doppelpack Kondome aus der Seite. Ihre Finger hatten die geöffnete Risskante gefühlt. Ein fester Kloß bildet sich in Sophias Hals. Das Haltbarkeitsdatum läuft erst in zwei Jahren ab. Ein Kondom fehlt. Sophia und Jesper haben seit etwa sechseinhalb Jahren keins mehr benutzt.

Im Hintergrund singt Taylor Swift „I knew you were trouble, when you walked in." Sophia hört nicht hin. Ihre Ohren sind taub, als würde jemand mit beiden Händen gegen die Ohrmuscheln drücken. Sie steckt das übrige Kondom mitsamt des leeren Sachets zurück. Sie schließt die

Augen. Ihre Lippen sind aufeinander gepresst. Sie öffnet die Augen wieder und blinzelt etwas Tränenflüssigkeit weg. Ihre Hand zittert, als sie die gepackten Kulturtaschen aus dem Badezimmer ins Schlafzimmer bringt.

Der Schlüssel in der Wohnungstür dreht sich. Er stellt seine Tasche ab, kommt ins Schlafzimmer.

„Wow, alles schon fertig. Klasse! Ich hätte es echt nicht geschafft – viel zu busy. Hast du auch mein blaues Shirt eingepackt?"

Sophia nickt, ohne ihn anzusehen. Sie schließt gerade den Reißverschluss seines Rucksacks und steht dann auf.

„Ich bin total müde. Wollen wir uns noch aufs Sofa kuscheln?", fragt er, während er sie am Handgelenk festhält.

Sie nickt. An ihren Fingern spürt sie immer noch die scharfkantigen Spitzen der Abrisskannte.

URLAUBSGEFÜHLE

Die Flugzeugtür öffnet sich und die warme Luft wirkt nach der gefilterten Passagierraumluft wie eine Wand. Schon auf der Treppe zum Rollfeld bilden sich erste Schweißperlen auf Sophias Gesicht. Sie hatte nicht erwartet, dass es noch so warm ist. Aber vielleicht ist sie auch nur etwas unterkühlt. Erst vor fünf Minuten war sie während der Landung erwacht. Jesper wollte ihr die Palmen zeigen, die man bereits beim Landeanflug sehen konnte.

Er flüsterte ihr ins Ohr: „Aufwachen. Schlafen kannst du auch zu Hause!" Seine rechte Hand lag noch immer weit oben auf ihrem linken Oberschenkel. Die Fingerspitzen unverändert nah an ihrem Schambereich. Auch hier auf der Rollbahn hat Sophia noch das Gefühl, die Hand hätte einen deutlichen Abdruck auf ihrem Oberschenkel hinterlassen.

„Wir müssen da lang", Jesper zeigt auf die Taxis. Tatsächlich hält einer der Taxifahrer ein Schild mit Jespers Nachnamen in die Luft. Das Gepäck wird im Kofferraum verstaut und das

Taxi setzt sich ruckelnd in Bewegung. Unter Sophias Füßen ist die Karosserie rostig. Wenn das Taxi langsamer fährt, kann man deutlich den Asphalt durch einige kleine Löcher im Boden sehen und auch spüren. Sophia schließt kurz die Augen, besinnt sich dann aber eines Besseren: Bei diesem Fahrstil würde es nicht lange dauern, bis ihr übel wird. Jesper grinst neben ihr von einem Ohr zum anderen. Er ist in seinem Element. Sein linker Arm liegt entspannt auf dem geöffneten Seitenfenster und der Wind fährt durch seine gestylten Haare. Sophia schielt von hinten auf das Tacho und beschließt dann, so zu tun, als hätte sie die schwindelerregend hohe Zahl nicht gesehen. Aus dem Wagen sieht sie Palmen und terrakottafarbene Häuser. Die Erde wirkt trocken. Die Natur hat sich der Hitze scheinbar ergeben. Doch während sie in die Stadt fahren, wird es deutlich grüner. Die Bebauung wird dichter und ganze Parkanlagen offenbaren sich dem Betrachter. Sophia lehnt sich in ihrem Sitz etwas weiter zurück. Durch die geöffneten Fensterscheiben dringen nun Gerüche von Gewürzen und Klänge wie von einem Markt.

„Here we are", der Taxifahrer bringt das Fahrzeug am Ende einer endlos wirkenden Treppe zum Stehen. Sophia steigt aus und realisiert, dass die Treppe eine lange Gasse ist, an der ganz normal Häuser gebaut sind. Manche Stufen sind breiter. Dort stehen kleine Tische mit Stühlen und an einigen sitzen ältere Menschen, spielen Schach und trinken Tee. Jesper gibt Sophia ihren Rucksack aus dem Kofferraum und checkt sein Handy.

„Wir müssen da hoch", er deutet die getreppte Gasse hinauf. Sophia nimmt seine ausgestreckte Hand und folgt ihm. Dankbar, dass sie nur ihren Rucksack und keinen sperrigen Koffer tragen muss.

An einer kleinen roten Tür bleibt Jesper stehen. Das mit Efeu bewachsene Schild neben der Tür verrät, dass sie angekommen sind: „Cassie's Bed and Breakfast" steht darauf. Jesper klingelt. Eine etwa fünfzigjährige Frau öffnet lächelnd die Tür. Während Jesper die beiden vorstellt, spürt Sophia zum ersten Mal bewusst die Sonne auf ihrem Gesicht, die gerade die ganze Treppe von oben herab in ein goldenes Licht taucht. Eine wunderschöne Woche liegt vor ihr.

Das Zimmer liegt im ersten Stock.

Während sie die knarzende Treppe hinaufsteigen, fragt die Wirtin: „Jesper, how long are you staying?"

„Oh, only for the night. We are leaving tomorrow morning."

Sophia runzelt die Stirn. Jesper schließt das Zimmer auf und lässt sich sofort aufs Bett fallen. Er deutet Sophia, sich neben sie zu legen. Sie setzt den Rucksack ab und schließt die Tür. Langsam legt sie sich auf dem frisch bezogenen Bett in Jespers Arm.

„Morgen früh? Wir bleiben doch eine ganze Woche, hast du gesagt..."

„Ja, auf Malta. Aber ich habe nur die erste Nacht hier gebucht. So können wir uns heute Abend und meinetwegen auch morgen früh noch Valletta angucken und sind dann ganz flexibel."

Sophias Augenbrauen verkrampfen langsam in ihrer zusammengezogenen Position. „Und wo schlafen wir dann?"

„Weiß ich noch nicht. Wir werden schon was finden." Jesper gähnt und streckt sich. „Ich schlaf nochmal kurz."

Sophia kratzt an der Stelle zwischen Daumen und Zeigefinger. „Warum können wir denn nicht hier bleiben und von hier aus die Insel erkunden?"

Jesper seufzt. „Süße, das wird toll. Ein bisschen Abenteuer. Ist doch spannend, nicht zu wissen, wo man abends einschläft. Irgendwo findet sich immer was." Er dreht sich zu ihr.

In ihren Augen haben sich Tränen gesammelt. „Du weißt doch, dass ich nicht so abenteuerlustig bin. Ich mag lieber entspannten Urlaub."

Er streicht mit seiner Hand über ihren Kopf. „Das wird ganz entspannt. Mal was anderes. Ich finde es voll cool."

„Hätte ich das vorher gewusst, hätten wir noch was buchen können."

Er zieht die Augenbrauen nach oben. „Deshalb hast du es vorher nicht gewusst. Lass dich mal drauf ein, tut dir gut, ein bisschen lockerer zu werden. Vertrau mir!" Er dreht sich wieder auf den Rücken und schließt die Augen.

Die Stelle zwischen Zeigefinger und Daumen blutet leicht. Sophia steht leise auf und betritt das kleine gelb gekachelte Badezimmer. Sie wäscht die winzigen Bluttropfen ab und genießt das kalte Gefühl. Im Spiegel sieht sie sich an und sagt zu sich:

„Das wird bestimmt ganz toll, wenn du über deinen Schatten springst. Du liebst ihn doch. Er weiß, was gut für dich ist." Ihr Spiegelbild lächelt sie an. Ein schmallippiges Lächeln zwar, aber ein Lächeln. Sie stellt die beiden Kulturtaschen neben das Waschbecken. Zögert. Öffnet dann doch den Reißverschluss von Jespers Tasche und steckt die Finger in die Seite. Nichts. Er hat das Papier mitsamt des Kondoms weggeräumt. Ein eiskalter Schauer überkommt sie. Im Spiegel lächelt sie niemand mehr an.

Hand in Hand betreten die beiden zwei Stunden später ein Straßencafé. Die Kellnerin bringt die Karten, als sie sich an einen kleinen Bistrotisch aus Metall setzen. Die Luft in der Straße scheint still zu stehen. Kein bisschen Wind zieht durch die Häuserschlucht, die sich wie gemalt bis zum Horizont weiter zu ziehen scheint. Sophia sieht Jesper über die Karte hinweg an und fragt ihn, ob er auch etwas essen wolle. Jesper hat seine Karte noch nicht einmal geöffnet. Er sieht der Kellnerin lächelnd auf den tief ausgeschnittenen Rücken ihres roten Kleides.

„So etwas würde dir bestimmt auch stehen", bemerkt er, als er Sophias Blick wahrnimmt.

Sophia verdreht die Augen. „Ich denke nicht", sie will das Thema beenden.

„Jetzt hab dich mal nicht so. Gucken wird ja wohl noch erlaubt sein."

Sophia schluckt. „Wenn es dabei bleiben würde." Leise zwar, aber deutlich zu hören, ist dieser Satz aus ihr heraus geplatzt. Stille. Herzschlag.

Dann Jespers Stimme, die fragt: „Was?"

Jetzt ist es zu spät, jetzt muss sie da durch: „Ich habe das aufgerissene Kondom gefunden, als ich deine Kulturtasche gepackt habe. Jesper, verkauf mich nicht für dumm."

Sein Gesicht sieht seltsam fahl aus. Sehr weiß und ohne die geringste Mimik, obwohl sich sein Mund bewegt: „Die sind bestimmt schon uralt. Noch von uns am Anfang."

Fassungslosigkeit. Ein saures Gefühl steigt aus Sophias Magengrube hoch. „Wie gesagt, verkauf mich nicht für dumm! Die laufen erst in zwei Jahren ab und ich hab dir gerade nur von einem Kondom erzählt. Jetzt ist es auch nicht mehr da. Du hast es selber gestern Abend oder heute morgen noch ausgeräumt. Also bitte, sag mir einfach die Wahrheit, damit ich darauf reagieren kann." Sie zischt die Sätze nur noch, ihre Augen funkeln. Zeitgleich fleht sie innerlich um die perfekte Ausrede.

„Ach die meinst du", Jesper lächelt. „Das sind die von Samuel. Ich wollte wirklich, dass du die nicht findest. Als wir vor zwei Monaten in Leipzig zur Messe waren, hatte Samuel da was mit einer Assistentin. Karla sollte natürlich nichts erfahren, also hat er mir die Packung gegeben. Bis heute morgen beim Zähneputzen, hatte ich das vollkommen vergessen. Also echt, jetzt hast du mir wirklich einen Schrecken eingejagt. Baby, wie kommst du denn auf solche Ideen? Ich würde dich doch nie betrügen. Das weißt du doch auch. Du würdest das sofort bemerken. Du kennst mich einfach zu gut." Er setzt ab und trinkt etwas von seiner gerade servierten Cola. „Ehrlich gesagt verletzt es mich, dass du mir nicht vertraust und mir so etwas zutraust. Was denkst du denn, was ich für einer bin?"

Sophias Atem verlangsamt sich. Da ist sie. Die perfekte Ausrede. Nimm sie an, sagt die kleine Stimme in ihrem Kopf. In Frage stellen, eine viel lautere Stimme.

„Oh Gott sei Dank. Ich hatte echt schlimmes Kopfkino. Tut mir so leid, dass ich dich in Frage gestellt habe. Natürlich vertraue ich dir. Ich hab das gestern mitten im Packstress gefunden und dann sind meine Nerven einfach mit mir durchgegangen."

Jesper lächelt sie an. „Du darfst das nachher wieder gut machen." Er zwinkert.

„Ok, das schaffe ich", antwortet sie ebenfalls zwinkernd.

Jesper winkt die Kellnerin heran und bestellt für beide etwas zu essen. Zwischendurch bemerkt Sophia seinen Blick auf ihr. Das saure Gefühl ist verschwunden. Stattdessen spürt Sophia, wie sie dem Drang, aufzustehen und Jesper zu küssen, kaum widerstehen kann. Die Kellnerin verlässt den Tisch und sein Blick trifft ihren. Sie öffnet den Mund, weiß aber nicht, was sie sagen soll. Hoffentlich verzeiht er ihr. Würde sie auch nicht so schnell. Bräuchte mehr als eine Entschuldigung. Sie sieht sich um. Das Straßencafé ist spärlich besucht. Die Stille zwischen ihnen. Aus dem Radio irgendein Song, den sie nicht zuordnen kann. Klirrender Sound. In ihren Ohren rauscht es. Wieder sein Blick. Noch nicht wieder alles ok. Sie legt ihre Hand auf die Tischfläche. Er reagiert nicht. Kaum Menschen um sie herum, kaum Risiko. Sie erhebt sich. Setzt sich mit ihrem Rock, der vorn kürzer ist, als hinten auf seinen Schoß. Ihr Gesicht ist jetzt ganz nah an seinem.

„Es tut mir wirklich leid", flüstert sie. Tränen füllen ihre Augen. „Bitte verzeih mir. Ich liebe dich!"

Er blickt sie wieder nur an. Fasst dann mit seinen Händen um ihren Po und küsst sie. Lächelt. „Schon ok."

Sie spürt, wie sein Schritt härter wird. Er verzeiht ihr. Als das Essen serviert wird, setzt Sophia sich wieder auf ihren Platz. Glück gehabt. Das hätte auch in einem Streit enden können. Wie war sie nur auf so eine absurde Idee gekommen? Was hatte sie denn gedacht? Dass er sie betrogen habe? Mit wem denn bitte? Er arbeitet doch eh die ganze Zeit. Am Ende der Straße verabschiedet sich die Sonne gerade am Horizont. Die Stühle und ihre Silhouetten werfen lange Schatten auf den sandfarbenen Bordstein.

Am nächsten Morgen stehen die beiden eng umschlungen vor einer Karte am zentralen Busbahnhof und überlegen, wohin sie als nächstes fahren wollen.

Jesper zeigt mit dem Finger auf einen Punkt. „Lass uns zur blauen Grotte fahren. Das wird bestimmt romantisch."

Fünf Minuten später sitzen sie auf einer klebrigen Lederbank in einem gelben Bus, der ruckelnd los fährt. Die Luft steht. Wird nur durch kleine Öffnungen der Oberlichter aufgewirbelt. An ihnen vorbei zieht die fremde Landschaft. Sophia und Jesper bekommen nichts davon mit. Ganz nah, bei sich, küssen sie sich und schmiegen sich aneinander. Der Sturm ist vorüber gezogen. Jesper lässt seinen Kopf auf ihren Schoß sinken und schließt die Augen, während sie seine Haare streichelt.

Der Bus hält an und wie eine Horde Fünftklässler verlassen die Touristen den Bus. Sophia und Jesper erheben sich langsam von ihrer Bank und betreten dann die frische Luft. Es riecht salzig hier. Die Küste vor ihnen ist steinig. Das Wasser dahinter glitzert leuchtend blau. Kleine Wellen lassen die bunt lackierten Boote darauf hin und her schaukeln. Sophia geht in Richtung der anderen Touristen, die offensichtlich den Schildern zum Aussichtspunkt folgen.

Jesper fasst ihre Schulter. „Da ist es doch viel zu voll. Lass uns da lang gehen."

Sophia zögert. Das rote Verbotsschild hinter Jespers ausgestrecktem Zeigefinger wirkt nicht gerade überzeugend. „Das ist doch verboten", stellt sie fest.

„Wir sind in der EU, die wollen sich nur absichern, dass da keine kleinen Kinder unbeaufsichtigt in den Felsen rumturnen. Wir sind doch vorsichtig. Ach komm, ich habe keine Lust auf unseren Urlaubsfotos fremde Menschen zu haben."

Er lächelt sie an. Verdammt. Dieses Lachen. Er geht weiter. Sie zuckt kurz mit den Achseln und folgt ihm. Ein prüfender Schulterblick. Kein Ordnungshüter weit und breit.

„Jesper ich habe Angst." Die Klippe unter ihr fällt 20 Meter steil ins Meer herab. Sie kann im klaren Wasser deutlich die Felsen erkennen, die sie bei einem Aufprall erwarten würden. Sophia setzt sich auf den Boden und spürt den warmen Stein unter sich. Mit den Händen hält sie sich ebenfalls am Boden fest. Ihr T-Shirt klebt an ihrer Haut. Ihr

Atem ist schnell. Ihr Herz schlägt. „Jesper bitte, lass uns umdrehen."

„Nur noch ein paar Meter. Da vorne müssten wir einen super Blick haben." Sophia versucht, ihren Kopf zu heben. Schwindelgefühl. Tränen laufen über ihr Gesicht. Er kommt zwei Schritte zu ihr zurück. Beim dritten Schritt rutscht etwas Geröll die Klippe herab. Der Wind verschluckt die Geräusche, die dabei entstehen. Sein linker Fuß hängt für einen Moment frei in der Luft.

Trotzdem fängt er sich und geht neben ihr in die Hocke. „Wenn du es geschafft hast, bist du stolz auf dich."

Sophia schluchzt. Ihre Beine gehorchen ihr nicht mehr, seit der Wind aufgefrischt hat. Sie muss ständig nach unten in den Abgrund sehen. „Können wir nicht hier ein Foto machen und dann nochmal aus sicherer Entfernung vom Aussichtspunkt aus?"

Jesper verdreht die Augen. „Wir sind doch schon so weit gekommen. Jetzt umzudrehen wäre doch echt ärgerlich."

Mutig oder Ängstlich? Vernunft oder Leichtsinn? Sicherheit oder Gefahr? Sophias Körper hat längst für sie entschieden. Sie flüstert: „Jesper, ich muss wirklich umdrehen. Ich traue mich nicht weiter." Sie krabbelt ein paar Meter vom Abhang weg und erhebt sich dann vorsichtig. Die Knie sind immer noch weich.

Jesper sitzt noch wie zuvor in der Hocke. „Gut, dann treffen wir uns später. Ich gehe weiter."

Stille. Sophias Mundwinkel fallen nach unten. Ihr Mund öffnet sich. Ihr Gesicht verzieht sich zu einer Grimasse. Tapfer bleiben.

„Den Weg zurück schaffst du doch wohl auch ohne mich." Jesper erhebt sich und bewegt sich von ihr weg.

„Ja sicher", sagt Sophia ohne zu wissen, ob Jesper sie überhaupt noch gehört hat.

Nach ein paar Metern spürt Sophia wieder die Sonne auf ihrer Haut. Im Windschatten der Felsen beruhigt sich ihr Atem. Das Wasser wirkt nun wieder friedlich, nicht mehr bedrohlich. Jesper ist nicht mehr zu sehen. Vielleicht kommt er ihr trotzdem gleich nach. Er hat ja gesehen, dass sie Panik hatte. Die Erinnerung an das Schwindelgefühl überschwemmt sie von innen wie eine Welle erneut. Ohnmacht steigt auf. Die Welle bricht, als sie sich auf die Sonne in ihrem Gesicht konzentriert. Jesper kann auf sich aufpassen. Und sie ist in Sicherheit. So bekommt er wenigstens seine Aussicht. Sonst wäre wirklich alles umsonst gewesen. Wenn sie doch nur ein bisschen mutiger wäre.

Sophia atmet auf, als sie das Verbotsschild passiert und auf dem gepflasterten Untergrund wieder zu einem festen Schritt findet. Sie setzt sich auf eine Bank in der Nähe. Und wartet. Wartet auf Jesper, der jeden Moment kommen wird. Ganz bestimmt.

WERTSCHÄTZUNG

Langsam müsste sie mal auf die Toilette. Offenbar ist die nächste Gelegenheit nur 150 m entfernt, aber was, wenn Jesper sie dann nicht findet? Sophia rutscht unruhig auf der Parkbank hin und her. Die Sonne steht viel tiefer als vor zwei Stunden und es wird frischer. Aus ihrem Rucksack holt sie ihre Fleecejacke und legt sie um ihre Schulter. Sie kneift die Augen zusammen und versucht, in dem Meer aus terakotta- und sandfarbenen Felsen vor ihr Jespers grünes T-Shirt auszumachen. Nichts. Hoffentlich ist ihm nichts passiert. Bilder vom stürzenden Jesper tauchen vor ihrem inneren Auge auf. Sie schüttelt den Kopf. Er ist ein Überlebenskünstler. Nah an der Gefahr blüht er zu Höchstformen auf. Mit dem rechten Knie wippt Sophia so schnell, als könne sie den Vorgang beschleunigen. Der Druck auf ihre Blase wird dadurch nur höher. Ein letzter Blick. Suche nach Grün. Nichts. Sie erhebt sich. Aus der Seitentasche des Rucksacks holt sie ihr Handy. Immer noch kein Empfang. Sie wird sich beeilen.

10 Minuten später sitzt sie wieder auf der Parkbank. In der Hand einen Coffee to go zum Aufwärmen. Noch eine halbe Stunde, dann ruft sie den Rettungsdienst. So lange kann er doch gar nicht brauchen. Da taucht plötzlich ein grüner Punkt zwischen den Felsen auf. Bleibt stehen, schlendert ein paar Meter, bleibt wieder stehen. Bewegt sich Schritt für Schritt auf sie zu.

„Wahnsinn, das war so cool", sagt er und bleibt vor ihr stehen. Seine Haare wirken nass und sein Gesicht ist verschwitzt. Um seinen Nacken hängt ein Handtuch. Er strahlt über das ganze Gesicht und fügt hinzu: „Du hast echt was verpasst. Ich bin die Klippe am Ende runter und bin noch geschwommen. Herrlich. Das Wasser war super erfrischend."

Sophia entdeckt tatsächlich kleine Salzränder auf seinen Armen. „Ich habe mir Sorgen um dich gemacht. Du warst fast drei Stunden länger unterwegs als ich." Sie bietet ihm ihren Kaffeebecher an. Er nimmt ihn und trinkt mit geschlossenen Augen einen Schluck.

„Wow, als wären wir im Urlaub", schmunzelt er und sieht ihr in die Augen. „Musst dir keine Sorgen um mich machen. Und die Zeit ist so schnell vergangen, ich hab das gar nicht bemerkt. Wir können nachher die Bilder angucken, die ich gemacht habe. Sind ein paar ziemlich Gute dabei." Er stellt den Kaffeebecher auf den Boden neben sich und rubbelt mit dem Handtuch um seinen Nacken seine Haare trocken. Seine Locken kommen jetzt noch mehr zur Geltung.

„Ich hab einen Bärenhunger. Lass uns doch in den kleinen Ort da gehen und dann was essen."

Sophia nickt. „Ich war eben schon kurz auf den öffentlichen Toiletten da. Es ist schon spät. Im Ort gibt es ein kleines Bed and Breakfast, sollen wir es da auch für die Nacht versuchen?" Der Gedanke an das noch fehlende Bett für die Nacht liegt Sophia schon seit etwa einer Stunde schwer im Magen.

„Schlägst du gerade selber vor, dass wir uns ganz spontan irgendwo einmieten?" Jesper grinst.

Sophia zuckt mit den Schultern. „Irgendwo müssen wir doch schlafen." Sie grinst auch.

„Ist gar nicht so schlimm, oder?", fragt Jesper.

Sophia horcht in sich hinein. Er ist wieder da. Er lebt. Alles nicht so schlimm. „Nein, kann mich dran gewöhnen."

Er küsst sie und legt dann einen Arm um sie herum. „Na komm, dann versuchen wir mal unser Glück."

Der Blick aus dem Fenster ist atemberaubend. Blaues Wasser, das in der Abendsonne schimmert. Darauf bunt verzierte Fischerboote, die ihre Netze auswerfen. Vom Wasser schickt der Wind immer wieder das Geräusch schreiender Möwen herüber. Dazwischen mischen sich die Geräusche des Gemüseladens auf der anderen Straßenseite, in dem die Kunden mit dem Händler um die Preise feilschen. Sophia liegt frisch geduscht in dem etwas klapprigen Metallbett, dessen weiße Bettlaken frisch nach Waschmittel duften und sich weich an ihre Haut schmiegen. Ihr Kopf ruht auf zwei Kissen. So kann sie die Aussicht genießen, ohne einen einzigen Muskel anzustrengen. Das Rauschen aus dem Badezimmer endet. Auch Jesper ist fertig geduscht.

Sophia sieht sich im kleinen Zimmer um. Ihr Körper entspannt sich. Sie will den Moment genießen, fasst aber immer wieder an die Stelle zwischen Zeigefinger und Daumen. Unter der Dusche ist die trockene Haut wieder aufgeplatzt und juckt jetzt. Neben ihr liegt die große Kamera von Jesper. Die Bilder von ihm direkt vorn an der Klippe sind zugegebenermaßen beeindruckend. Sophia wischt weiter zurück. Ein Bild von ihr, dass sie eben bereits mit ihm zusammen entdeckt hat, lässt sie erneut Schlucken. Auf dem Bild sitzt sie zusammengekauert auf einem Felsen und schlingt die Arme um sich.

Beim Heranzoomen hat Jesper vor 10 Minuten nur festgehalten: „Du hast echt geheult. Krass, dass du solche Angst hattest. Ich dachte, du würdest über deinen Schatten springen." Er hat sie auf die Stirn geküsst, die Kamera neben ihr liegen lassen und ist unter die Dusche gegangen.

Sie wendet den Blick wieder ab. Sieht nach draußen. Versucht, das Salz in der Luft zu riechen. Nur Waschmittel. Und vielleicht irgendein Gewürz von irgendeinem der drei kleinen Restaurants in dieser Straße. Unter ihrem Fenster fährt ein hupendes Auto vorbei. Sophia zuckt zusammen. Sie war fast eingeschlafen.

„Hey Süße!" Jesper steht nackt im Türrahmen. Ihr Blick fällt an seinem Körper herab.

„Du musst doch furchtbar müde sein", versucht sie der offensichtlichen Aufforderung auszuweichen. Er kommt um das Bett herum und beugt sich über sie, während er seinen Körper auf sie legt.

„Ich dachte eigentlich auch eher daran, dass du noch einen Kick brauchst heute", flüstert er in ihr Ohr.

Sophia lächelt. „Das ist nicht nötig", sagt sie.

„Ich denke schon." Seine Zunge spielt an ihrem Ohrläppchen. Mit seiner linken Hand, hält er ihre beiden Hände über ihrem Kopf fest, mit seiner rechten, fährt er unter die Decke. „Ich brauche den Kick auf jeden Fall noch, um runter zu kommen." Sie spürt, wie er seine Fingerspitzen in sie drängt.

In der Ecke des Zimmers steht ein großes Bücherregal. Bücher. Bibliothek. Ablenken. Kennenlernen. Ablenken. Nicht daran denken. Liebe auf den ersten Blick. Liebe. Du kennst ihn. Genieße es. Er liebt dich. Ablenken. Bücher. Bibliothek. Wie war das noch?

Sophias Blick schweift über abgegriffene Buchrücken, während ihre Schritte dumpf auf dem Industrieteppichboden der Bibliothek verhallen. Es riecht nach alten Büchern und verbrauchter, sauerstoffarmer Luft. In der richtigen Abteilung angekommen, nimmt sie einzelne Bücher in die Hände.

„Na, unentschlossen?" Neben ihr steht ein hoch gewachsener Jura-Schönling.

„Kann man so sagen. Steht doch eh überall das gleiche drin." Der Typ lächelt und tippt sich dabei leicht mit dem linken Zeigefinger aufs Kinn. Eine Geste, die Sophia schwer an einen Wichtigtuer aus ihrer Schule erinnert. Sie verdreht im Kopf die Augen. Dann fallen Sophia seine vollen Lippen auf. Kopfkino. Hoffentlich wird sie nicht rot.

„Ich kann dir das hier empfehlen", sagt er.

Sophia schaltet das Kopfkino ab. „Äh – danke."

„Kein Ding." Der Typ stromert bereits zum nächsten Regal. ‚Dreh dich um', denkt sie. Am Ende des Ganges bleibt er stehen und grinst: „Hi! Ich bin Jesper."

„Sophia." Sie grinst auch. Sie steht mit dem Buch in der Hand im Gang und spürt ihren Herzschlag deutlich. Ein Neuanfang, Ablenkung von den Szenen, die sich seit dem Abschlussball immer wieder in ihrem Kopf abspielen. In ihren Schuhen kräuseln sich ihre Zehen. Sie wartet. Er macht einen Schritt zurück auf sie zu.

Jesper lässt sich neben sie aufs Kissen sinken. Er schließt die Augen, während er seinen Griff um ihre Handgelenke lockert. Sophia dreht den Kopf wieder zum Fenster. Sie wollte, dass er auf sie zu kommt. Sie wollte das. Es ist alles so, wie sie es wollte.

Am nächsten Morgen erwacht Sophia vom Geräusch eines anhaltenden Busses, der dem Lautstärkepegel nach wieder eine Ladung Touristen an die Küste transportiert hat. Das Fenster ist noch weit geöffnet. Sie zieht ihre Decke etwas höher bis unters Kinn und wartet, bis das Frösteln sich verzogen hat. Sie steht auf und geht auf Zehenspitzen ins Badezimmer, um Jesper nicht zu wecken. Ihre nackten Füße machen auf dem kalten Fliesenboden trotzdem tapsende Geräusche. Im Badezimmer schließt sie die Tür sorgfältig. Während sie die Zähne putzt, fällt ihr ein blauer Fleck am Handgelenk auf. Gestern Abend. Die kleine Stimme in ihrem Kopf, die während etlicher Alpträume in der letzten Nacht, überdeutlich war, meldet sich erneut. ‚Das wolltest du nicht. Sprich mit ihm. Er liebt dich. Sprich einfach mit ihm. Er will dir sicher nicht weh tun.'

Sie zieht sich an und setzt vor dem Verlassen des Badezimmers noch ein lächelndes Gesicht auf. „Heute wird ein schöner Tag", sagt sie der Sophia im Spiegel.

Jesper ist bereits wach. „Guten Morgen meine Schöne", er lächelt sie an.

„Guten Morgen", auch sie lächelt.

„Ich bin gestern Abend direkt eingeschlafen. Das war der Wahnsinn, oder?", fragt er sie.

Ihr Lächeln verschwindet. „Jesper", beginnt sie und bricht dann wieder ab. Was wollte sie nochmal sagen? Knoten im Hals. Tränen, die die Augen füllen. Scham, die aufsteigt. Sie kratzt die Stelle zwischen Daumen und Zeigefinger. Kontrolliert, ob sie sich wirklich angezogen hat.

Er legt den Kopf schräg. „Hey, was ist denn los? Ist was passiert?" Steht auf, nimmt sie in den Arm. Warme Haut. Sie spürt und hört seinen Herzschlag an ihrer Brust. Ihr Atem wird ruhiger.

„Nein, nichts passiert. Also... Nein, passiert ist nichts. Aber, ...“ Sie zeigt ihm stumm ihr blaues Handgelenk.

„Oh, bist du gestürzt?“ Jesper nimmt ihre Hand und sieht sie an. Seine Augen wirken besorgt.

„Jesper, das warst du gestern Abend. Du hast mich so stark festgehalten“, flüstert sie. Er lässt sich aufs Bett fallen und sitzt nun vor ihr.

„Achso, ich dachte schon. Das war so geil. Und du warst auch voll dabei. So hab ich dich selten schreien gehört. Mach dir keine Sorgen. Die blauen Flecken bemerkt schon keiner. Und selbst wenn, es geht doch niemanden was an, worauf wir stehen.“ Er hat die Hände hinter seinem Kopf verschränkt und streckt sich. „Wenn ich so dran denke, könnte ich es dir gleich nochmal besorgen.“

Sophia steht vor ihm. Kalte Schauer laufen ihren Rücken runter. Ihr Herz rast. Zum ersten Mal in ihrem Leben ergibt die Metapher des Tropfens der das Fass zum Überlaufen bringt echten Sinn.

„Du schnallst es nicht, oder? Ich wollte das so nicht. Und ich will das jetzt auch ganz sicher nicht nochmal. Du hast mir weh getan und mich benutzt. Ich wollte überhaupt nicht mit dir schlafen. Das habe ich dir gesagt. Aber du hast gar nicht zugehört. Jesper, so geht das nicht. Du musst mich schon wertschätzen, damit unsere Beziehung funktioniert. Ich bin auch etwas wert. Also schätze mich auch wert!“ Sie hat die letzten Worte fast geschrien. Nur fast. Aber zwischen ihren Augen ist eine Falte aufgetaucht, die sie früher nur als Kind bei Wutanfällen hatte. Ihr Herz schlägt immer noch fest. Ihre Gesichtszüge sind angespannt.

Jesper ist bleich geworden. Schweigt. Schweigt weiter. „Ich. Das wollte ich nicht“, flüstert er.

„Ich auch nicht", flüstert sie ebenfalls.

„Mein Gott Sophia, wieso hast du nichts gesagt?"

„Habe ich doch. Du hast aber nicht zugehört", antwortet sie nun leiser. Ihr Atem ist ruhiger. Sie setzt sich neben ihn.

„Es tut mir leid, ich wollte dir nicht weh tun. Ich hatte wirklich den Eindruck, du wolltest das. Du hast schon so im Bett gelegen. Beim nächsten Mal, wenn du nicht willst, ziehst du vielleicht ein bisschen mehr an. Das kann man ja nur missverstehen." Sophia starrt geradeaus. Nickt dann. Stille.

„Wollen wir gleich zum Frühstück gehen?", Jesper erhebt sich und geht Richtung Badezimmer. Sophia nickt wieder nur.

Die Badezimmertür schließt sich. Der Fliesenboden unter ihren Füßen fühlt sich nun kalt an. Tränen trocknen auf ihren Wangen, während sie die Haare zurückstreicht. Sie zittert. Ihr Blick ist immer noch auf die geschlossene Badezimmertür gerichtet. Wie eine Wand, die sie nicht durchqueren kann. Ihre Hand blutet zwischen Zeigefinger und Daumen. Ihr Kopf fühlt sich schwer an. Aber ihre Gedanken sind klar. Gestochen scharf kann sie es vor ihrem inneren Auge geschrieben sehen: ‚Das muss enden.' Angst. Liebe. Hilflosigkeit. Als würde ein Sturm um sie herum ziehen, hält sie sich an den Laken fest. Im Auge des Sturms ist es ganz ruhig. Hinter der Tür wirbelt es. Hier ist es ruhig. Sophia schließt die Augen. Wischt die letzten Tränen weg. Gleich gibt es Frühstück.

Die Treppe zum Frühstücksraum knarzt, als Jesper vor ihr hinabsteigt. Ein paar Schritte dahinter folgt Sophia, die ihr Langarmshirt an den Ärmeln tiefer nach unten zieht. Unten angekommen, zieht Jesper einen Stuhl zurück und bietet ihn Sophia an.

„Soll ich dir einen O-Saft holen?", fragt er, während seine Hand sie leicht an der Schulter berührt. Sie setzt sich, nickt, lächelt. Der Raum ist klein, acht Tische zählt Sophia. Gedeckt mit jeweils zwei Tellern. In der Ecke ein kleines Buffet zur Selbstbedienung. Die Fenster sind geöffnet. Die Straßengeräusche mischen sich auch hier unter die Geräusche der anderen Gäste, die murmelnd miteinander sprechen. Jesper kommt mit zwei Gläsern O-Saft zurück an den Tisch und lächelt Sophia an.

„Was möchtest du frühstücken? Ich hole dir alles."

„Zwei Brötchen und etwas Aufschnitt bitte."

„Kommt sofort." Während Jesper am Buffet steht und einen Brotkorb füllt, betrachtet Sophia seinen Rücken. Das starke Kreuz beeindruckt sie noch immer. Seine Umarmungen lassen sie immer sofort ruhig werden. Sie fühlt sich bei ihm sicher. Bislang. Geborgen. Bisher. Wertgeschätzt. Schon etwas länger nicht mehr, wenn sie darüber nachdenkt.

„Hier bitteschön." Jesper küsst sie auf die Wange und setzt sich ihr dann gegenüber.

Sophia schweigt. Ihr Gegenüber schmiert sein Brötchen und beißt genüsslich ab. Sie sitzt still da.

„Möchtest du gar nichts essen?", Jesper sieht ihr in die Augen. Sophia schluckt. Nimmt das Messer in die Hand und beginnt auch, ihr Frühstück zu bereiten.

„Alles gut?", Jesper sieht sie wieder an.

Sie seufzt. „Bestimmt bald. Ich meinte das schon so, wie ich es gesagt habe: Ich fühle mich manchmal nicht wert geschätzt. Nur weil du mir jetzt einmal Brötchen mitbringst und dich entschuldigst, heißt das nicht, dass alles gut ist. Manchmal frage ich mich, ob du mich überhaupt wirklich liebst." Sie ist ruhig. Ihre Stimme bricht nicht. Sie hatte Zeit, diese Worte zu formulieren.

Jesper lässt die Schultern sinken. „Aber, wie kommst du denn auf sowas? Wir sind schon ewig zusammen. Offensichtlich verbringe ich gern Zeit mit dir."

„Gern mit jemandem Zeit zu verbringen, ist nicht das gleiche, wie jemandem zu sagen, dass man ihn liebt. Taten sagen mehr als Worte. Ein gemeinsamer Urlaub, in dem wir uns täglich streiten, ist nicht wirklich, was ich mir für unsere Zukunft gewünscht habe. Jesper, ich kann das nicht mehr. Ich sehe es jetzt ganz klar: Ich will dich nicht verlassen, aber du gibst mir auch keinen Grund, zu bleiben." Sie blickt ihn an. Fleht mit den Augen. Ein Grund. Ein einziger. Ihre Augen füllen sich mit Tränen.

Sein Gesicht sieht fahl aus. Seine Lippen beben. Aus seinem rechten Auge bahnt sich eine Träne ihren Weg über seine Wange. Der Anblick lässt ihre Fassade weicher werden. Er legt seine Hand vor seinen Mund, versucht offenbar, sich zusammenzureißen. Dann schüttelt er sich und er weint. Weint echte Tränen. Nicht stumm. Sophia nimmt seine Hand.

„Es tut mir leid", flüstert sie. Er soll nicht leiden.

„Nein, mir tut es leid. Bitte verzeih mir. Ich kann mir ein Leben ohne dich nicht vorstellen." Er schluchzt und zieht die Nase hoch. Die übrigen Gäste beäugen die Szenerie von ihren Tischen aus. „Ich liebe dich. Wie kann ich dich davon abhalten? Ich bessere mich. Ich will dich wertschätzen. Wirklich!" Sophia legt den Kopf schief und sieht ihm direkt in die rot unterlaufenen Augen. Ihre Lippen ziehen sich ebenfalls zusammen. Sie spürt, wie der Weinkrampf näher rückt.

Er nimmt ihre Hand. Streichelt die kaputte Stelle und dann den Ringfinger. „Ich habe keine Ring dabei. Aber: Willst du mich heiraten? Ich verspreche dir, ein besserer Mann zu werden!"

Sophia stockt der Atem. Die Tränen brechen aus ihr raus. Erleichterung. Ein klares Bekenntnis zu ihr. Ein Versprechen für die Zukunft. Freude. Glück.

„Ja", ruft sie und steht auf, um Jesper zu küssen. Jesper nimmt sie in den Arm. Die Gäste um sie herum lachen. Die Anspannung ist wie weggeweht.

NEUSTART

Am Terminal ist es laut. In der Ankunftshalle warten etliche Menschen auf Reiserückkehrer, die ihrerseits noch an den Gepäckbändern stehen. Sophia und Jesper schlängeln sich Hand in Hand den Weg durch die Halle und betreten dann das kühle Nass des Hamburger Flughafens. Der Regen scheint sich nicht entscheiden zu können, ob er von oben, von unten oder von der Seite regnen will. Innerhalb weniger Sekunden liegt ein feuchter Film auf den gebräunten Gesichtern. Sprintend erreichen die beiden Jespers Auto und lassen sich schnell auf die Sitze fallen.

Jesper lacht: „Oh Mann, das Wetter hab ich nicht vermisst."

„Ich auch nicht." Sophia setzt sich seitlich auf den Beifahrersitz, damit sie Jesper besser ansehen kann. Mit einem Taschentuch wischt sie den Nieselfilm vom Gesicht. Mit den Händen versucht sie, die sich lockenden Haare zu glätten.

Jesper hält ihre Hände fest. „Nicht, ich mags, wenn du so wild aussiehst."

Sie lächelt. „Ich freu mich, dass wir wieder zu Hause sind."

Er nickt und antwortet: „Ich mich auch." Er dreht sich nach vorn und startet den Motor.

Sophia lehnt sich zurück und atmet tief durch. Der Geruch feuchter Klamotten und ein Rest salziger Duft aus ihren Haaren liegen in der Luft. Heute Morgen sind sie noch im Mittelmeer schwimmen gegangen. Hier ist der Sommer definitiv vorbei. Aber so stürmisch, wie draußen der Wind sein Unwesen treibt, so lebendig fühlt sich Sophia in diesem Moment: Der Gedanke, gleich ihre Eltern anzurufen und von den neusten Geschehnissen zu berichten, lässt sie grinsen.

Jesper legt eine Hand auf ihren Oberschenkel. „Na, woran denkst du?" Während er abbiegt, schaut er kurz zu ihr herüber.

„Ach nur, wie ich Mama und Papa von deinem Antrag berichte."

„Spontan, emotional und leidenschaftlich. So wie unsere Liebe. Besser hätte das doch nicht laufen können."

Sophia lächelt. „Stimmt auf jeden Fall. Ein klassischer Antrag hätte gar nicht zu dir gepasst. Nein, so war es perfekt. Ich bin wirklich glücklich." Sie drückt seine Hand auf ihrem Oberschenkel, bevor er sie zum Schalten wieder wegnimmt.

Zwei Tage später geht Sophia in den Park. Inga wartet bereits mit zwei Kaffeebechern in den Händen am Ende des Hauptwegs und grinst sie an. Der Versuch, mit den vollen Händen zu winken, scheitert mit einem erschrockenen Gesicht, schnell abgestellten Bechern und einer zügigen

Suche nach Taschentüchern in ihrer Handtasche. Erst als Sophia direkt über Inga steht, sieht diese wieder nach oben.

„Irgendwann lerne ich das bestimmt noch." Inga lacht und wischt sich die rechte Hand trocken. „War nur der Milchschaum, immerhin nicht ganz so heiß", fügt sie grinsend hinzu.

Sie umarmt Sophia und gibt ihr dann den anderen Kaffeebecher. „Du bist ja richtig braun geworden! Erzähl mir alles, wie war es?"

Sophia trinkt einen Schluck ihres Lieblingskaffees und hakt sich dann mit dem freien Arm bei Inga ein. Im Gleichschritt beginnen die beiden ihren Spaziergang.

„Es war traumhaft schön da. Und noch richtig warm. Damit habe ich überhaupt nicht gerechnet. Und es gibt Neuigkeiten." Sophia blickt zur Seite und ein Lächeln ziert ihr Gesicht. Ihre Augen leuchten. Inga blickt auf Sophias eingehakten linken Arm und beäugt dann deren linke Hand. Kein Ring.

„Bist schon auf dem richtigen Weg. Einen Ring hat er nicht dabei gehabt, weil alles so spontan und leidenschaftlich war."

Inga bleibt abrupt stehen und hüpft einmal hoch, bevor sie Sophia in die Arme schließt. „Oh wow, herzlichen Glückwunsch! Ich freu mich für dich! Wie toll. Wie? Wann? Wo?"

Sie lässt Sophia wieder los und drückt sie gleich nochmal. „Ich wusste, dass er irgendwann das Richtige tut. Ich hab mir so etwas schon gedacht, als er die Reise für euch beide gebucht hat."

Sophia nickt langsam. Sie setzen ihren Spaziergang fort. Während sie ihre Kaffeebecher leeren und in den nächsten Mülleimer schmeißen, beginnt Sophia die Geschichte, die sie bereits ihren Eltern erzählt hat.

„Wir waren bei der blauen Grotte über Nacht in einem kleinen Bed and Breakfast. So ein kleines, romantisches Häuschen, in dem alle Zimmer mit diesen mediterranen Fliesen ausgestattet waren und überall immer die Fenster auf waren, weil es keine Klimanalage gab. Es war herrlich. Morgens beim Frühstück haben wir uns dann sehr ernsthaft über unsere gemeinsame Zukunft unterhalten. Auf einmal wurde Jesper total emotional und fing an, zu weinen. Er sagt, weil ihm in diesem Moment nochmal bewusst wurde, wie glücklich er mit mir ist. Die anderen Gäste haben schon alle geguckt, aber er hat sich gar nicht beirren lassen. Es war ihm überhaupt nicht unangenehm, in der Öffentlichkeit emotinal zu werden. Er war so mutig, wie er zu seinen wahren Gefühlen stand." Sophia seufzt kurz. „Und dann hat er meine Hand genommen, mir tief in die Augen gesehen und gefragt, ob ich ihn heiraten möchte." Sie macht eine kleine Sprechpause. „Natürlich hab ich ja gesagt. Du hättest es sehen müssen. Es war so leidenschaftlich. Es kribbelt immer noch im ganzen Körper, wenn ich daran denke."

Den Rest des Spaziergangs verbringen die beiden Freundinnen damit, Dekoideen zu tauschen und zu planen, wann sie das Brautkleid für Sophia einkaufen werden. Nach über zwei Stunden in der Kälte verabschieden sich die beiden. Sophia macht sich zu Fuß auf den Weg zurück nach Haus. Mit jedem Schritt von Inga weg, hin zu Jesper, fragt sie sich, ob sie die Verlobungsgeschichte so richtig erzählt hat. So muss sich Glück doch anfühlen.

Am nächsten Morgen kommt Sophia in die kleine Kanzlei und widmet sich dem Aktenberg, der so schwer aussieht, dass sie ihm zutraut, ihre Tischplatte entzwei zu brechen.

Die Sekretärin guckt um die Ecke und sagt: „Sophia, wir bekommen heute eine neue Praktikantin. Sie ist Studentin.

Kannst du dich ein bisschen um sie kümmern? Weißt schon, Akten sortieren lassen, Essen gehen und so...“

Mit Blick auf die Arbeit vor ihr, nickt Sophia und sagt: „Klar, schick sie her. Ich hab genug Arbeit zum Teilen.“

Eine halbe Stunde später steht eine etwa 20-Jährige im Hosenanzug vor ihr. Sophia schmunzelt. Genauso ist sie an ihrem ersten Tag auch aufgetaucht. Hauptsache, man sieht schon mal nach Anwältin aus.

„Ich bin Mona, ich soll mich glaube ich bei dir melden.“

„Ja, Hi! Ich bin Sophia. Nimm dir den Stuhl da aus der Ecke. Dann kannst du mir helfen, die Akte hier auf Vordermann zu bringen.“ Mona tut, was Sophia gesagt hat und setzt sich neben sie. Gemeinsam arbeiten sie sich durch den Papierberg. Sophia erfährt, dass Mona im dritten Semester ist und nun zwei Monate während der Vorlesungszeit, hier ein bisschen Geld dazu verdienen will. Sophia sieht in den Augenwinkeln, wie ihr Handy aufleuchtet. Es ist schon nach zwölf.

„Hast du Hunger? Dann lass uns mal ne Pause machen. Hier um die Ecke ist ein kleiner Italiener. Der Mittagstisch ist bezahlbar und sehr lecker.“

„Klingt gut.“ Mona lächelt und wartet, bis Sophia bereit ist. Gemeinsam verlassen sie die Kanzlei.

„Ich muss einmal kurz jemanden anrufen, wenn es dich nicht stört.“ Sophia nimmt ihr Handy in die Hand. Mona schüttelt den Kopf. Während es auf der anderen Seite klingelt, warten die beiden an einer roten Ampel. Jesper hebt ab.

„Ich hab heute morgen vergessen zu fragen, ob wir heute Abend zusammen einkaufen gehen. Und ich wollte deine Stimme hören.“ Sie lächelt.

„Mal sehen, hab viel zu tun, muss jetzt auch ins nächste Gespräch. Bis dann Babe!" Aufgelegt. Sophia runzelt kurz die Stirn und steckt das Handy dann in ihre Jackentasche.

„Dein Freund?", fragt Mona.

„Verlobter sogar", nickt Sophia.

„Oh wie schön, wann ist es denn so weit?"

„Noch haben wir keinen Termin, ist noch ganz frisch."

Nachdem Sophia die Verlobungsgeschichte während des Mittagessens erzählt hat, fragt Mona beim Verlassen des Restaurants: „Das klingt so romantisch. Und seit ihr schon lange zusammen?"

„Etwas über sieben Jahre."

„Wow, sowas möchte ich auch erleben." Gemeinsam betreten sie wieder den grauen Straßenzug. Es beginnt zu regnen und die beiden beeilen sich, soweit das auf ihren hohen Schuhen möglich ist. Während der Regen stärker wird und die Tropfen in die Gullideckel laufen, läuft in Sophias Kopf erneut die Szene ihres Kennenlernens ab.

„Na, unentschlossen?"

„Kann man so sagen. Steht doch eh überall das gleiche drin." Der Typ neben ihr lächelt und tippt sich dabei mit dem Zeigefinger aufs Kinn. Sophia schmunzelt über diese Geste. Seine vollen Lippen. Bilder im Kopf.

„Ich kann dir das hier empfehlen", sagt er.

Sophia schaltet das Kopfkino ab. „Äh – danke."

„Kein Ding." Er geht weiter. ‚Dreh dich um', denkt sie. Am Ende des Ganges bleibt er stehen und grinst: „Hi! Ich bin Jesper."

„Sophia." Ihr Herz schlägt. Er kommt wieder auf sie zu. Diesmal näher. Sehr nah.

Sie spürt seinen Atem als er in ihr Ohr flüstert: „Kaffee?"

Liebe auf den ersten Blick. Sophia lächelt. Während sie ihre Jacke auszieht und über die Garderobe im Büro hängt, zieht sie ihr Handy nochmal aus der Tasche.

„Mach dir keinen Stress, ich fahre nachher allein einkaufen. Hast du noch besondere Wünsche?" Sie schickt die Nachricht ab und notiert auf ihrer digitalen Einkaufsliste Jespers Lieblingswein und -käse. Wenn er gleich am ersten Tag so viel Stress bei der Arbeit hat, kann sie ihm den Feierabend etwas verschönern.

Abends trägt Sophia schnaufend die drei Einkaufstüten in den 4. Stock. Vor der Fahrstuhltür hing nur ein Schild: „Wegen Wartungsarbeiten voraussichtlich zwei Tage geschlossen." Die Ankündigung dazu hat sie im Stapel mit der Post nach dem Urlaub nur überflogen und dann zur Seite gelegt. Die Hochzeitspläne in ihrem Kopf waren präsenter, als irgendwelche Reparaturen. Langsam spürt sie, wie ihr Schweißperlen auf der Stirn kommen. Hoffentlich sieht sie so keiner. Gerade heute hat sie wirklich viel eingekauft. Vor der Haustür stellt sie die Tüten ab. Ein klackendes Geräusch erklingt, als eine der Tüten, gefüllt mit Weinflaschen und Marmeladengläsern den Boden berührt. ‚Vorsichtig', ermahnt Sophia sich nochmal selbst. Sie steckt den Schlüssel in das Schloss. Das reibende Geräusch des Metalls erinnert sie an das allererste Mal, als Jesper die Tür für sie geöffnet hat. Die Wohnung, die er für sie beide angemietet hat. Nicht viel Überzeugungsarbeit nötig. Ein paar mehr Arbeitsstunden als Kellnerin für Sophia neben dem gerade begonnen Studium, um ihren Beitrag zu leisten. Mehr nicht. Nur zwei Liebesvögel im gemeinsamen Nest.

Er drehte den Schlüssel im Schloss um und hielt den silbernen Türknauf mit der anderen Hand fest. Dann öffnete er die die Tür, nahm ihre Hand und führte sie in einen kleinen länglichen Flur.

„Herzlich Willkommen in unserem neuen zu Hause." Er lächelte sie an und gab ihr einen Kuss auf den Mund.

Sophia legte die freie Hand an seinen Hinterkopf und vergrub die Finger tief in seinen Locken. Während er die Tür mit einem leichten Fußtritt nach hinten ins Schloss beförderte, ließen sich die beiden nicht aus den Augen. Mehr war nicht zu sagen. Der neue Lebensabschnitt lag nicht einmal mehr einen Schritt entfernt. Die Schwelle hatten sie gerade bereits sprichwörtlich gemeinsam übertreten. Sophia grinste und drehte sich um. Vier Türen gingen vom Flur ab. Alle geschlossen.

„Zeigst du es mir?", fragte Sophia.

Jesper nickte und öffnete die erste Tür. Ein Badezimmer mit einer Badewanne neben einer Dusche.

„Schön." Sophia nickt.

Weiter ging es in die kleine Küche, in der Jesper bereits Tisch und Stühle bereit gestellt hatte. Es folgten das Wohnzimmer und das Schlafzimmer. Im Schlafzimmer lag bereits eine Matratze auf dem Fußboden. Bezogen mit frischer Bettwäsche und überhäuft mit Rosenblättern. Sophia blieb der Mund offen stehen. Auch der Fußboden rund um die Matratze war mit Rosenblättern übersäht. Außerdem standen überall auf dem Parkett angezündete Kerzen in unterschiedlichen Größen, die den Raum mit ihrem flackernden Licht zum Leuchten brachten.

„Ich freue mich so sehr, dass wir zusammen ziehen. Ich liebe dich über alles." Er machte eine kurze Sprechpause und sah ihr dann in die Augen. „Du bist wunderschön." Dann zog er sie in eine enge Umarmung.

In Sophias Bauch schlüpften Schmetterlinge aus ihren Kokons, von denen sie nichts geahnt hat. Sechs Monate hatte dieser Prinz gebraucht, um sie hierher zu bringen und immer noch überrascht er sie mit seiner Leidenschaft und Liebe für sie. Ihr blieb keine Zeit, etwas anderes zu antworten oder darüber nachzudenken, wie sie ihre Liebe für ihn jemals genauso zeigen könnte, da küsste er sie und die Kerzen um sie herum verschwammen.

Sie ließ sich fallen, wie am ersten Tag. Der Tag, an dem sie ihren Seelenverwandten traf. Sie hört seine Stimme noch immer in ihrem Kopf: ‚Ich glaube, ich träume. Du bist zu perfekt, um echt zu sein.' Sie wurde rot im Gesicht. Knetete die Serviette des Cafés, in dem sie sich trafen, zum zehnten Mal mit ihren Händen, damit sie etwas zu tun hatte. Lachte nervös auf. Sah ihm in die Augen. Perfekt. Sah seine Stärke und seine Emotionalität. Sah die Leidenschaft und die Lust aufs Leben. Sah das alles in den kleinen grauen Flecken in den ansonsten strahlend blauen Augen. Er lächelte sie an. Nahm ihre Hand und streichelte die zarte Haut zwischen Daumen und Zeigefinger. Stunden später konnte sie die Berührung noch spüren. Eingedrungen wie ein Tattoo. Unter ihrer Haut.

Sie dreht den Schlüssel im Schloss um, schließt die Tür auf und holt dann Tüte für Tüte in die Küche. Während sie die Taschen leert, hört sie, wie Jesper nach Hause kommt.

Sie schenkt zwei Gläser Rotwein ein und schneidet gerade den Käse in kleine Häppchen, als Jesper die Küche betritt.

„Harter Tag?", fragt sie ihn nach dem Begrüßungskuss.

„Der ganz normale Wahnsinn." Jesper setzt sich an den Tisch. Sein Handy legt er vor sich. Es leuchtet im Sekundentakt auf.

„Musst du noch länger arbeiten?" Sophia deutet auf den Display, der Morsezeichen zu versenden scheint.

„Nein, ist egal." Das Handy bleibt trotzdem auf dem Tisch. Sophia reicht ihm ein Weinglas und stellt den Käse zwischen ihnen ab.

„Zum Entspannen." Sie küsst ihn auf die Wange und lässt ihre freie Hand für einen Moment auf seinem Hinterkopf liegen. „Ich liebe dich", sagt sie und schaut ihm in die Augen.

Jesper räuspert sich und hebt sein Glas. „Dankeschön, das brauche ich jetzt." Dann befeuchtet er seine Lippen mit Rotwein und greift nach einem Stück Käse. Währenddessen richtet er seine Augen immer wieder auf das leuchtende Handydisplay. Mindestens 20 Nachrichten hat er in der Zwischenzeit erhalten.

Sophia nickt und sagt: „Ich gehe kurz auf die Toilette, damit du die Welt retten kannst." Sie küsst ihn nochmal auf die Wange und verschwindet.

Aus der Küche kann sie Jespers Stimme hören, die eine andere Tonlage eingenommen hat. Sie kann nicht verstehen, was er sagt. Will sich auch gar nicht darum kümmern, aber irgendetwas scheint ihn heute zu bedrücken. Sie wäscht sich die Hände und sieht in den Spiegel. Kleine Augen mit dunkeln Ringen darunter blicken ihr entgegen. Sie holt ihren Concealer hervor und versucht, die Schatten zu verbergen. Sie schließt die Tür auf und geht über den kleinen Flur zurück Richtung Küche.

Dann legt sie die Hand auf den Türgriff und hört, wie Jesper sagt: „Ich muss jetzt auflegen. Nein, mach dir keine Sorgen. Nein... Ja, ich weiß. Schreib mir nur nicht so viel. Vertrau mir. Wir sehen uns bald wieder!"

Sophia runzelt die Stirn. Sie steht mit der Türklinke in der Hand im dunklen Flur und bemerkt erneut dieses Gefühl in ihr aufsteigen. Brennend und heiß, eiskalt und zum Schaudern. Dann fällt ihr Blick auf ihren unberingten Finger.

Sie schüttelt kurz den Kopf. Blödsinn. Nicht verrückt machen.

„Alles geregelt?", fragt sie Jesper, als sie die Tür öffnet. Jesper nickt. In der Küche riecht es nach frisch angezündeten und dann ausgepusteten Streichhölzern. Jesper hat zwei Kerzen auf dem Tisch angezündet. Das warme Licht sorgt für ein behagliches Gefühl in Sophia. Der Schreck von eben vergessen. Ein normales Arbeitsgespräch, was sonst.

WAHRHEITEN

Sie wartet bereits an der Ecke. Eingepackt in einen dicken Schal, kann Sophia Ingas Gesicht kaum entdecken.

„Brr, wird echt kalt", erklärt diese sofort.

„Lass uns schnell gehen, damit wir nicht festfrieren." Inga hat Recht. Über Nacht hat sich der Park in eine Eislandschaft verwandelt. Die verblassten Sträucher werden im Gegensatz zum Sommer nun nicht mehr von bunten Blüten, sondern von Eiszapfen und Kristallen verziert. Der ganze Park scheint zu glitzern, während sich die Freundinnen ihren Weg in Richtung ihres Stammcafés bahnen. Die Sonne steht bereits so tief, dass sie die Augen zusammenkneifen müssen, um im goldenen Licht und der weiß vereisten Umgebung noch etwas sehen zu können.

Im Café ist es wärmer. Die dicken Sachen legen Sophia und Inga auf einen leeren Stuhl an ihrem kleinen Ecktisch. Sophia gähnt.

Inga lacht: „Na, nicht genug geschlafen?"

„Eigentlich schon, ich träume nur in letzter Zeit so schlecht. Ich wache ständig Schweiß gebadet auf."

„Oh, wie kommt das denn? Angst vorm 2.Examen?"

„Kann sein, aber eigentlich ist das ja erst in einem Jahr. Nein, ach ich stell mich nur an." Sophia sieht aus dem Fenster. Sie spürt, wie Ingas Blick auf ihr ruht. Sie weiß, diese wartet auf weitere Informationen. Informationen, Wahrheiten, Details, Erinnerungen, Schlussfolgerungen, Fehleinschätzungen, schlechte Träume. Was auch immer.

„Süße, du kannst mit mir reden, wenn dich was bedrückt." Inga hat eine Hand auf Sophias Knie gelegt. Die Berührung fühlt sich warm an. Vertraut. Geborgen. Nicht fordernd.

„Ich weiß nicht mehr, was ich glauben soll", flüstert Sophia.

„In Bezug auf was denn?"

„Alles. Jesper sagt, ich würde mir alles nur einbilden, aber es fühlt sich so wahnsinnig real an." Sophia atmet schwer aus. Die Fensterscheibe neben ihr ist so sauber, dass sie das Gefühl hat, direkt in der eisigen Landschaft zu sitzen. Sie zieht ihren Schal wieder an und legt ihn dabei so um die Schultern, dass sie fest eingepackt ist. Sie fröstelt trotzdem weiter. Ihr Blick ist nach draußen gerichtet. Immer noch sitzt Inga neben ihr und sieht sie einfach nur an. Im Hintergrund hört man, wie die Kaffeemaschine des Cafés gerade Milchschaum in die Latte Macchiatto Gläser füllt. Das Geräusch bringt Sophia zurück in den Raum und zu der Hand auf ihrem Oberschenkel.

„Ich habe Angst, dass Jesper mich betrügt."

„Was? Wie kommst du denn darauf?" Inga lächelt nicht. Sie sieht Sophia ernst an.

„Bestimmt ist gar nichts. Aber nach unserem ersten Arbeitstag diese Woche nach dem Urlaub habe ich extra einen kleinen Weinabend für uns vorbereitet. Nichts Großes. Aber ich wollte, dass er sich nach der Arbeit entspannen kann und wir das Frisch-verliebt-Gefühl, das wir auf dem Rückflug hatten noch ein bisschen verlängern. Auf jeden Fall kam er ziemlich angespannt nach Hause und konnte sein Handy kaum aus der Hand legen. Das Ding leuchtete ständig auf, weil andauernd neue Nachrichten eintrudelten. Ich bin dann kurz zur Toilette gegangen, damit er das regeln kann und wir endlich unseren gemütlichen Abend starten können."

Inga nickt und Sophia trinkt einen Schluck ihres Latte Macchiatos, der gerade serviert wurde.

„Danke", sagt sie an die Kellnerin gerichtet und fährt dann gegenüber Inga fort: „Naja ich bin dann halt wieder zurück gegangen und als ich die Tür aufmachen wollte, hat er gerade so seltsam mit jemandem gesprochen. Sowas wie ‚Mach dir keine Sorgen' und ‚Wir sehen uns bald wieder'. Ich weiß schon, das könnte alles bedeuten und wahrscheinlich ist gar nichts los. Aber seitdem hab ich so ein seltsames Gefühl, dass etwas nicht stimmt. Kannst du mir bitte sagen, dass alles gut ist und ich mir das sicher nur einbilde? Immerhin hat er mir gerade einen Antrag gemacht. Das spricht doch dafür, dass er mich nicht betrügt, oder? Ach ich weiß schon: Ich bin bestimmt nur wegen der Hochzeit nervös. Sorry, wollte dich nicht damit nerven. Erzähl mir lieber von dir."

Inga sieht Sophia in die Augen und legt den Kopf schräg. „Und Jesper sagt auch, es ist nichts los?"

„Ja, hab ihn abends im Bett gefragt. Direkt nach dem Sex und vor dem Einschlafen. Sonst hätte ich keine Ruhe gefunden. Er meinte, ich solle mir keine Sorgen machen. Es sei nur ein Kollege von der Arbeit gewesen, der im Büro in Frankfurt sitzt. Deshalb das ‚Wir sehen uns bald wieder'."

„Aber du glaubst ihm nicht?"

„Doch, also wie gesagt. Jetzt wo ich drüber nachdenke, sind das einfach nur meine Nerven. Ich bin selber Schuld. Wahrscheinlich sollte ich früher schlafen gehen. Lass uns einfach über was anderes sprechen."

Sophia und Inga wechseln das Thema, aber der enge Gürtel um Sophias Rippenbogen, der sich während des Gesprächs zunächst gelockert hatte, sitzt jetzt enger als vorher. Sophia bemüht sich, entspannt rüber zu kommen und ist dankbar, dass Inga die Thematik nicht weiter aufgegriffen hat.

„Hast du spontan Lust, morgen Abend mit mir in diesen neuen Kinofilm zu gehen? Wir könnten direkt nach der Arbeit zusammen etwas Essen gehen und dann in die Vorstellung um 19:30 Uhr", fragt Inga sie beim Abschied.

„Morgen müsste nichts sein. Jesper muss eh länger arbeiten. Also sehr gern. Treffen wie immer?"

Inga nickt und die beiden drücken sich zum Abschied. Sophia zieht den Schal noch etwas fester und höher in den Nacken und macht sich auf den Weg nach Hause.

Am nächsten Abend sitzen die beiden Freundinnen zur Happy Hour im Burgerladen direkt neben dem Kino. Die Cocktailgläser vor ihnen sind bereits halb geleert.

„Du, ich würde gern noch mal mit dir über deinen Verdacht wegen Jesper sprechen", Inga nutzt den Moment, in dem Sophias Mund gerade mit Süßkartoffeln gefüllt ist. Sophia bleibt nichts anderes übrig, als zu nicken und zuzuhören.

„Ich will dich nicht beunruhigen und habe da jetzt extra eine Nacht drüber geschlafen, aber als du mir gestern von diesem Telefonat erzählt hast, fiel mir sofort eine Situation vor ein paar Wochen ein. Da war ich in der Stadt zum Bummeln. Bei Hunkemöller habe ich Jesper durch die Fensterscheibe gesehen. Ich wollte schon rein gehen, weil ich dachte, du wärst ja sicher bei ihm. Aber dann kam eine andere, brünette Frau auf ihn zu und hielt so ein Set rote Spitzenunterwäsche in die Luft. Mein erster Gedanke war, dass er jetzt Unterwäsche für dich kauft und das die Verkäuferin ist. Aber dann hat er so seltsam – vertraut irgendwie – seine Hand auf ihre Schulter gelegt und die beiden sind nach hinten Richtung Umkleiden gegangen. Ich hätte dir das schon früher erzählen sollen. Aber ich hab mir auch nicht wirklich etwas dabei gedacht. Du sagst schließlich ständig, dass es dir absolut nichts ausmache, wenn er mit anderen Frauen befreundet sei oder sogar mit ihnen flirtet. Da hab ich das einfach als ganz normalen Shoppingausflug abgehakt. Aber jetzt hast du mir das gestern erzählt und seitdem frage ich mich, ob ich da nicht etwas vollkommen anderes beobachtet habe."

Sophia sitzt auf ihrem Stuhl. Die Süßkartoffel hat sie längst runter geschluckt. Das Besteck liegt neben dem Teller. Ihr Teller sieht aus wie ein Schlachtfeld, bevor das Sani-Team eintrifft. Offene Wunden klaffen überall in ihrem Essen. Sie kann sie nicht flicken. Kann den Blick aber auch nicht abwenden. Sie schluckt. Spürt, wie der Gürtel um ihren Brustkorb wieder enger wird. War der Kloß im Hals schon die ganze Zeit da? Hat sie die letzte Pommes überhaupt schon runtergeschluckt? Sophias Ohren dröhnen. Es ist wahnsinnig laut hier. Alle schreien sich an. Die Musik spielt unentwegt. Am liebsten würde sie gehen. Aber sie sitzt still da.

„Kannst du irgendetwas sagen?", fragt Inga.

„Ich weiß nicht, was." Sophia schüttelt den Kopf. „Er hat mir zumindest von keinem solchen Shoppingausflug mit irgendwem erzählt. Aber das muss nichts heißen. Er muss mir ja nicht alles erzählen."

Inga zuckt mit den Achseln. „Stimmt natürlich. Mich hat es nur gewundert."

Sophia weiß, dass ihre Freundin jetzt nicht locker lässt.

„Ist denn sonst wirklich alles in Ordnung bei euch?", fragt sie dann auch schon weiter.

„Ja, wieso sollte nicht alles in Ordnung sein? Alles bestens!"

„Sophia, gestern Nachmittag warst du vollkommen fertig und hast mir gesagt, du würdest ständig mit Alpträumen aufwachen. Tu bitte nicht so, als würde dich die neue Info gerade kalt lassen."

„Es ist bestimmt ganz harmlos gewesen. Was willst du jetzt von mir? Mir meine Beziehung, meine zukünftige Ehe schlecht machen?" Sophias Herz schlägt schnell. Wut steigt in ihr auf und wird nur durch den festen Gürtel um ihre Brust in Zaum gehalten. Sie fährt unter dem Tisch immer wieder mit ihren Fingern über die juckende Stelle zwischen Daumen und Zeigefinger.

„Nein, ich will nur für dich da und ehrlich mit dir sein", sagt Inga mit leiser Stimme.

Sophias Herzschlag wird wieder langsamer. Ihre beste Freundin. Eine Vertrauensperson. Seit dem Sandkasten. Viel länger als Jesper. Zumindest anhören. Keine Feindin. Eine Freundin. Sophia lächelt sie an und zuckt mit den Schultern.

„Tut mir leid, ich hatte echt nen langen Tag. Ich wollte dich nicht blöd anmachen. Du meinst es nicht böse, das weiß ich." Sie setzt kurz ab und trinkt einen Schluck Cocktail. Die süße Sahne legt sich wie ein Pflaster in ihren Mund. Noch ein Schluck. Sie spürt, wie der Alkohol die Speiseröhre herunterläuft. Das enge Gefühl um den Brustkorb wird wieder etwas leichter.

„Schon gut. Hauptsache du weißt, dass du immer mit mir sprechen kannst, wenn du möchtest. Manchmal hilft es auch schon, Dinge einfach laut auszusprechen und dann verlieren sie ihren Schrecken. Bei mir ist das auf jeden Fall oft so. Ich bin für dich da. Und wenn du nicht reden willst, ist das auch ok, aber bitte sei ehrlich zu dir selbst. Das ist alles, was ich mir für dich wünsche." Inga lächelt Sophia ebenfalls an und trinkt einige Schlucke aus ihrem Cocktail.

„Wenn wir noch ins Kino wollen, sollten wir uns mal beeilen", stellt Sophia mit Blick auf ihre Armbanduhr fest.

„Meinetwegen müssen wir uns nicht stressen. Wir können auch nächste Woche gehen. Wie du möchtest", erklärt Inga.

Sophia zögert. Sie weiß, dass Inga recht hat und die Aussprache manchmal das vermeintliche Problem verschwinden lässt. Vielleicht kann sie so den Kloß im Hals und den Gürtel um ihre Rippen los werden. Sie will endlich wieder nach Hause kommen und nicht ängstlich sein, ob Jesper noch da ist.

„Dann lass uns in Ruhe aufessen und nächste Woche ins Kino gehen."

Inga nickt zur Bestätigung und widmet sich ihrem Burger. Auch Sophia beginnt erneut, ihr Schlachtfeld aufzuräumen. Mit jedem Bissen versucht sie, die richtigen Worte zu finden. Worte, die eine Situation erfassen, die sie kaum fassen kann. Nur ein Gefühl. Eine Eingebung. Nichts Konkretes. Nichts, was man einfach erzählen könnte. Die Teller sind geleert und die Freundinnen bestellen noch eine Runde Getränke.

„Ich weiß nicht, wo ich anfangen soll", beginnt Sophia. Inga sieht sie an und sagt nichts. Sie lächelt sie nur an. Der Blickkontakt tut Sophia gut. Sie redet drauf los, ohne weiter nachzudenken.

„Ich kann es nicht richtig beschreiben. Es ist nur dieses Gefühl. Also ja, diese Situation am Telefon und dann der Besuch im Unterwäscheladen. Und bevor wir in den Urlaub gefahren sind, habe ich eine angebrochene Kondompackung bei ihm gefunden. Angeblich von Samuel. Irgendwie häuft sich das alles." Sophia seufzt und trinkt einen Schluck. Innerlich macht sie sich auf einen Hochsprung bereit, bei dem keine dicke blaue Sportmatte sie am Boden abfedert. „Das macht mich unruhig, aber ich hab auch generell das Gefühl, dass er mich vielleicht nicht so liebt, wie ich bin. Ich genüge ihm einfach nicht." Sie wagt es nicht, den Blick nach oben zu nehmen. Sie faltet die Serviette vor ihr zu einem winzigen Knäuel aus feuchtem Papier. „Er ist immer so spontan und abenteuerlustig und ich würde am liebsten jeden Abend auf dem Sofa liegen und Serien angucken. Und eigentlich ist das ja was Gutes, oder? Wir ergänzen uns perfekt, oder? Deshalb sind wir ja auch so glücklich. Gegensätze ziehen sich schließlich an."

„Bist du denn glücklich?" Inga legt ihre Hand auf Sophias Hände, die mittlerweile die zweite Serviette bearbeiten.

Sophia überlegt. „Ja, ich denke schon. Ich wünsche mir nur, dass er mir hin und wieder mal sagt, dass er mich liebt. Ein bisschen Bestätigung wäre schön." Sie setzt wieder ab. Der nächste Satz ist ihr durch den Kopf geschossen. Aber irgendeine Instanz ihres Gehirns will diesen Satz zensieren. Nur Inga. Nur ihre Freundin. Vertrauen. „Manchmal hab ich das Gefühl, ich bin für ihn nur ein Sexobjekt."

Inga runzelt die Stirn. Sophia bemerkt, dass sich auf ihrer eigenen Stirn Schweißtropfen bilden. Ihr Herz schlägt sehr schnell und stark. Jetzt hat sie die Büchse der Pandora geöffnet. Die Beziehung in der Kiste. Gut verschlossen und für niemanden zugänglich. Bettgeschichten bespricht man nicht außerhalb der Kiste. Sophia schießt ein anderer

Gedanke durch den Kopf: ‚Fragt sich nur, ob es sich bei der Kiste um ein Bett oder um einen Sarg handelt.'

„Wie kommst du denn auf den Gedanken?", fragt Inga. Ihre Hände halten die von Sophia immer noch still.

„Wie gesagt, es fällt ihm sehr schwer, seine Gefühle zu äußern. Also auch nicht immer. Manchmal wirkt er wie schockverliebt. Das ist dann schon sehr süß. Aber mit Sex bekomme ich ihn immer." Etwas in Sophia zieht sich zusammen. Heißer Brei. Und sie geht kilometerweit außen rum. Sie seufzt und nimmt nochmal Anlauf. Der Aufprall wird hart. Das weiß sie. Aber die Stimme in ihrem Kopf wird unerträglich laut. „Darf ich dir eine Frage stellen?"

„Ja klar, jederzeit."

„Wenn du nicht mit Matthias schlafen willst, was passiert dann?"

„Wie, was dann passiert? Gar nichts halt. Wir kuscheln und gut ist. Man muss ja nicht immer wollen. Wieso?" Inga setzt ab. Ihr Blick bleibt einen Moment in Sophias Augen hängen. „Nein, sag mir bitte nicht, dass das bei dir anders ist."

Sophia flüstert: „Manchmal."

Inga atmet schwer aus. „Ich will dich nicht drängen. Aber jetzt mache ich mir ernsthafte Sorgen. Wie genau meinst du das? Sophia wenn der Typ dich vergewaltigt, ziehst du sofort aus und kommst zu mir. Wir gehen gleich morgen früh zur Polizei." In Sophias Kopf schwirren Ingas Worte hin und her. Sie knallen an die Gehirnwindungen und verursachen Kopfschmerzen. Jesper. Ihr Jesper. Sie lächelt. Die Verlobung. Ihr Kennenlernen. Alles so perfekt. So ist er halt.

„Ich kann dir das hier empfehlen", sagt er. Sophia schaltet das Kopfkino ab.

„Äh – danke."

„Kein Ding." Er geht weiter. ‚Dreh dich um', denkt sie. Am Ende des Ganges bleibt er stehen und grinst: „Hi! Ich bin Jesper."

„Sophia." Ihr Herz schlägt. Er kommt wieder auf sie zu. Diesmal näher. Sehr nah.

Sie spürt seinen Atem als er in ihr Ohr flüstert: „Kaffee? Oder soll ich dich gleich hier vernaschen?" Mit dem Oberkörper weicht sie zurück und berührt mit den Schulterblättern das Regal hinter sich. Hat er das gerade wirklich gesagt? Ihre Augen werden enger. Sie öffnet die Lippen und kräuselt die Stirn. Dann grinst er sie wieder an.

„Kleiner Scherz, komm ich lade dich ein." Gemeinsam verlassen sie die Bibliothek.

Er war schon immer so. Kein Grund zur Panik. Sophia blickt Inga an, die auf die vordere Kante ihres Stuhls gerückt ist.

„Nein, so meinte ich das nicht. Ich will dann schon. Ich will nur eigentlich nicht und dann schafft er es irgendwie, mich zu überzeugen." Sophia schluckt. „Er schafft es, mir ein schlechtes Gewissen zu machen", fügt sie sehr leise hinzu.

Inga braucht einen Moment, um die Worte zu verarbeiten. Sophia ist dankbar dafür. Verräterin. Der Gürtel um ihren Brustkorb ist so eng. Sie bekommt kaum Luft. Hitze steigt in ihr auf. Der Alkohol tut sein Übriges zu ihrem Allgemeinzustand.

„Sophia, das ist nicht normal." Inga hat sich Zeit gelassen für diesen Satz. Sie sagt ihn langsam und mit direktem Blickkontakt. In Sophia bricht etwas. Sie kann es nicht mehr aufhalten. Ein wilder Fluss an Tränen bahnt sich den Weg durch ihren erleichterten Körper. Sie weint.

„Ich weiß", schluchzt sie in ein Taschentuch, das Inga ihr gerade gegeben haben muss.

10 Minuten später steht Sophia eingepackt in ihren warmen Wintermantel vor der Tür des Restaurants. Inga hat bezahlt und sie zur Garderobe geführt. Sophia sucht ihre Tasche. Sie entdeckt sie in Ingas Hand, die gerade telefoniert.

„Du schläfst heute bei mir. Wir machen eine Übernachtungsparty wie früher. Hab gerade Jesper angerufen und erklärt, dass wir versackt sind und du nicht mehr fahren kannst. Er richtet schöne Grüße aus. Ist wohl eh mit Samuel unterwegs." Sie zeigt auf die Straße: „Da kommt schon unser Taxi." Vom Rückfahrsitz des Taxis aus verläuft die Welt vor Sophias Augen zu einem Meer an Lichtern und Farben, die sie nicht mehr voneinander unterscheiden kann. Die Geschwindigkeit, der Alkohol und ihre Tränen verwandeln die Welt da draußen in moderne Kunst.

In Ingas Wohnung angekommen, zieht Inga Sophia die Schuhe und den Mantel aus und legt sie, wie sie ist, aufs Bett. Sophia lässt alles geschehen. Ein taubes Gefühl hat sich eingestellt, das wunderbar zu dem Rauschen in ihren Ohren passt.

„Ich hole uns einen Kaffee und wir reden. Es wird alles gut meine Süße." Inga küsst Sophia auf die Stirn.

Die Raufasertapete an der Decke wirkt unregelmäßig. Winzige Blutflecken darauf erinnern an den Mückensommer. Sophia schließt die Augen, um den Tränenfluss einen Moment aufzuhalten. Einatmen. Es wird alles gut. Noch ist nichts passiert. Sie hat einfach nur gesagt, wie sie die Situation empfindet. Sie atmet nochmal tief ein und wieder aus und setzt sich dann im Bett auf. Sie schüttelt ihre Arme und den Kopf, um wieder im Hier und Jetzt anzukommen. Erhebt sich, geht zum Kleiderschrank und holt einen Schlafanzug von Inga heraus. Der weiche Stoff fühlt sich angenehm auf ihrer Haut an.

Inga betritt das Zimmer. „Super, du bist noch unter den Lebenden. Du hast seit einer halben Stunde nicht mehr wirklich geredet oder irgendetwas gemacht, dass ich dir nicht vorher gesagt hätte. Langsam hab ich mir Sorgen gemacht." Sie gibt Sophia einen Kaffeebecher.

„Doch, doch leben tue ich schon noch." Ihre Stimme klingt belegt. Der Tränenfluss hat aufgehört und zurück bleiben rote Augen und ein aufgequollenes Gesicht. Sophia betrachtet sich im Spiegel, der am Kleiderschrank befestigt ist. Sie erkennt die Person im Spiegel nur, weil sie weiß, wie Spiegel funktionieren.

„Na komm, setz dich zu mir." Inga hat sich auf die Bettkante gesetzt und klopft rechts neben ihr auf die Steppdecke. Als Sophia Platz genommen hat, legt sie einen Arm um diese.

„Und jetzt?", fragt Sophia.

„Jetzt trinken wir unseren Kaffee."

„Und dann?"

„Dann denkst du darüber nach, was du willst und ob du das mit Jesper zusammen erreichen kannst. Ich weiß nicht genau, was gerade passiert ist, aber in dir hat sich anscheinend echt ne Menge angestaut. Du hast gerade über eine halbe Stunde nur geweint. Ich kann dir nicht sagen, was du machen sollst. Aber ich denke, dass du das eigentlich schon selber weißt."

Sophia nippt an dem heißen Getränk. Ihre Sinne werden wieder belebt. Sie spürt die warme Keramikoberfläche in den Händen und atmet den Geruch der Kaffeebohnen ein. Ingas Worte in ihrem Kopf klingen freundlich, nicht fordernd. Dann taucht Jespers Stimme auf. ‚Was denkst du dir nur? Du bist nichts ohne mich. Nicht mal ein Fachbuch konntest du dir ohne meine Hilfe aussuchen. Du hast nicht genügend Einkommen, um in dieser Stadt allein zu leben.'

„Erde an Sophia", Inga stupst sie in die Seite. „Du darfst deine Gedanken auch mit mir teilen, wenn du möchtest."

Sophia schüttelt sich die Schultern aus und räuspert sich. „Du meinst, ich soll mich trennen, oder?" Auf ihrem Rücken bildet sich eine Gänsehaut, als sie diesen Satz ausspricht. Wenigstens das kann sie: Den perfekten Mann bei sich behalten. Den Junganwalt, der jeden Tag ein bisschen höher auf der Karriereleiter klettert. In dieser Hinsicht ist sie keine Enttäuschung. Ihr Privatleben ist bereit für die Hochglanzmagazine dieser Welt. Seinetwegen hat sie ihr Studium nicht an den Nagel gehängt, als die Noten nicht besser wurden. Seinetwegen konnte sie ihren Eltern am Ende stolz ihr Examenszeugnis präsentieren. Ohne ihn ist sie nichts. Sie war nichts und sie wird nichts sein. Über die Gänsehaut läuft ein heißer Schauer bei dieser Erkenntnis. Da sind wieder die Schweißperlen auf ihrer Stirn. Auch ihre Hände schwitzen.

„Wie gesagt, ich kann dir das nicht sagen. Ich kenne Jesper auch nicht gut genug. Wenn ich aber ganz ehrlich bin, klingt es nicht so, als sei eure Beziehung besonders gesund. Es ist nicht richtig, wenn er dich zum Sex manipulieren kann. Aber möglicherweise lässt sich auch mit ihm reden. Das kannst nur du wissen." Inga schaut Sophia von der Seite an. Vor Sophias inneren Auge tauchen Bilder der Vergangenheit auf. Ganz präsent der Urlaub, aber auch andere Szenen im Biomarkt oder in Bars. In ihrem Bauch fängt es an, zu grummeln. Sie ahnt, in welche Richtung dieses Gespräch geht. Ihre Finger schließen sich noch fester um den Becher in ihrer Hand, um das diffuse Gefühl des Verlorenseins zu überwinden.

Sophia wendet den Blick zu Inga. „Das habe ich schon mal probiert, aber es hat sich nicht wirklich was geändert. Letztes Mal war das im Urlaub so. Ich hab dir doch von seinem Antrag erzählt und dass er geweint hat. Er hat geweint, weil ich wahnsinnig kurz davor war, ihn zu verlassen. Er war total verzweifelt und hat mich dann gefragt, ob ich ihn heiraten will."

„Wusste er, dass du dir das im Geheimen schon länger wünschst?"

„Ja, das hatte ich, denke ich, deutlich gemacht", antwortet Sophia.

„Und du warst drauf und dran, ihn zu verlassen?"

„Er hat mir einfach keinen Grund mehr gegeben, bei ihm zu bleiben. Stattdessen hat er mich am Vortag allein von einer Klippe wieder in Sicherheit gehen lassen, weil er nicht auf das Abenteuer verzichten konnte."

„Oh man, das klingt aber nicht nett. Mit dem Antrag hat er dir einen Grund zum Bleiben geliefert, oder?"

Sophia stockt. Sie richtet den Blick nach vorn und atmet tief ein. „Meine Güte ja genau das hat er. Er wollte mir gar keinen Antrag machen, er wollte mich nur aufhalten."

„Klingt irgendwie schon ein bisschen nach Manipulation, findest du nicht?"

Sophia nickt und trinkt ihren Kaffee. Minuten vergehen und keiner sagt ein Wort. Keine Tränen, kein schweres Atmen, nur noch Schluckgeräusche und die zwei Freundinnen, die im Stillen einen Scherbenhaufen betrachten.

ZUKUNFTSPLÄNE

„Du brauchst eine eigene Wohnung, bevor du dich trennst. Wer weiß, wie er reagiert. Kannst du dir ganz sicher sein, dass er nicht ausrastet?" Inga hat Recht. Sophia weiß das. Noch fühlt sich das ganze aber eher nach einem Gedankenexperiment als nach ihrer Zukunft an. In ihrer Handtasche steckt immer noch ein Brautmagazin, das sie von Zeit zu Zeit durchblättert.

Jesper wartet im Smoking vor dem Altar und sie schreitet mit ihrem Vater in ihrem spitzenverzierten Kleid das Kirchenschiff herab. Diese Zukunft klingt doch gar nicht so schlimm. Einfach, schön. Die perfekte Geschichte. Junge trifft Mädchen. Junge will Mädchen. Mädchen verliebt sich. Beide leben glücklich bis an das Ende ihrer Tage.

Sophia lächelt bei dem Gedanken. Sie sind das perfekte Paar, keiner würde verstehen, warum sie geht.

„Ich verdiene gar nicht genug, um mir eine eigene Wohnung zu leisten", sagt sie Inga am nächsten Morgen beim Frühstück. Inga war extra beim Bäcker und hat

Schockoladencroissants besorgt. „Für die gute Stimmung", hatte sie zwinkernd erklärt.

„Und was macht man als Erwachsene in solchen Situationen?", fragt Inga Sophia nun ohne Umschweife. Die Ellenbogen hat sie auf den Tisch gelegt und stützt ihr Gesicht mit beiden Händen. Sie grinst.

Sophia muss ebenfalls grinsen. „Ja gut, man sucht sich einen besseren Job oder arbeitet mehr. Hast schon recht, so abhängig, wie ich dachte, bin ich wahrscheinlich gar nicht." Sophias Körper wird von einem ihr neuen Gefühl durchströmt. Sie kann es nicht in Worte fassen, fühlt sich dadurch aber elektrisiert. Bis tief in die Nacht haben die beiden Freundinnen zusammen gesessen und Pläne geschmiedet. Eine Alternative zum Eheleben. Einen Plan für mehr Eigenständigkeit. Sophia kann sich gar nicht erinnern, wann sie das letzte Mal keinen Freund hatte. „In der 10.Klasse", erklärte Inga da. Ansonsten war sie tatsächlich fast durchgängig mit irgendjemandem zusammen.

„Du kannst alles auch allein schaffen." Ingas Stimme holt Sophia zurück an den Frühstückstisch. „Aber ganz allein bist du ja auch gar nicht. Ich bin immer für dich da!"

Sophia lächelt. Die Sonne scheint in das Fenster am Küchentisch. Letzte Nacht hat es geschneit. Die Welt liegt schlummernd unter einer weißen Decke aus Kristallen. Sollte sich ihr Leben jetzt so abrupt ändern, wie das norddeutsche Wetter?

Auf dem kurzen Fußweg von Inga zu ihr nach Hause spürt Sophia die Kälte im Gesicht kaum. Sie konzentriert sich auf die Sonnenstrahlen, die sie blenden. Der Schnee unter ihren Füßen dämpft nicht nur ihre Schritte, sondern auch alle Umgebungsgeräusche. Friedlich liegen die Häuser am Rand der weißen Fahrbahn. Die Fensterscheiben spiegeln die

Sonne zwischen den Hauswänden hin und wieder zurück. Wie ein Sicherheitssystem aus Sonnenstrahlen, das man im Gegensatz zu einem Lasernetz durchqueren kann, ohne dass irgendwo die Alarmglocken schrillen.

Am Ende der Straße entdeckt Sophia Schlittenspuren, die in den nahe gelegenen Park führen. Kleine Kinderfüße sind dazwischen als Trampelpfad zu erkennen. Wie gern würde sie den Spuren folgen und auch ein paar Mal den Hang herunterfahren. Sie erinnert sich, wie sie als Kind in diesem einen Winter mit ihrem Schlitten zu Ingas Haustür nebenan gestapft ist und geklingelt hat. Mama meinte, die neuen Nachbarn hätten eine Tochter in ihrem Alter. Ohne weitere Erklärungen abgeben zu müssen, hat Ingas Mutter die Situation sofort erfasst und Inga an die Tür geholt. Ein Schneeanzug und ein Schlitten, mehr brauchte es nicht zur Kommunikation und um Freundinnen zu werden. Zum Abschied einen Nasenkuss, während die Handschuhhände auf den Schultern der anderen abgelegt wurden. Ein Nachmittag. Freundinnen für immer. Ohne Worte.

Auch heute gab es zum Abschied einen Nasenkuss mit behandschuhten Händen auf den Schultern. Ein neues Geheimnis. Der unausgesprochene Kein-Wort-zu-Niemandem-Schwur. Zumindest vorerst. Bis alles geklärt ist. Dieses Mal hat es viele Worte gebraucht. Viele Erklärungen, viele Warums und Wiesos Aus den beiden kleinen Mädchen sind Erwachsene geworden. Das größte Problem sind nicht mehr nur Unebenheiten bei der Abfahrt, sondern echte Schlaglöcher auf der Straße. Löcher, die wie Krater von heute auf morgen aufbrechen. Die kleinen Risse zuvor unentdeckt und tagtäglich bedenkenlos überfahren.

Sophia sieht es jetzt und kann es kaum glauben: Das Brautmagazin in ihrer Handtasche scheint sie förmlich auszulachen. Eine Traumwelt ähnlich wie die

Schneelandschaft vor ihren Augen: Nur ein paar Tage wird sie halten, vielleicht ein paar Wochen und dann schmilzt der Traum Tröpfchen für Tröpfchen dahin und wird erst zu braunem und grauen Schlamm, bevor die Welt in neuer Blüte erstrahlen kann. Sie steht in der Schlammlandschaft ihres Lebens in einem riesigen Schlagloch und weiß kaum, wie sie da gelandet ist. Sie weiß nur eins: Jetzt muss sie das Rettungsseil finden, an dem sie aus dem Loch herausklettern kann. Inga hat ihr das Seil in der letzten Nacht zugeworfen. Es hängt vor ihrer Nase. Sie muss sich nur noch daran hochziehen. Wenn sie doch nur kräftiger wäre. Sie bezweifelt, dass sie den Weg hinaus mit ihrer eigenen Kraft bewältigen kann. Vielleicht kann sie auch nur ordentlich in ihrem Loch aufräumen und durchputzen und es sich gemütlich machen. Vielleicht ändert sich Jesper nach einem klärenden Gespräch. Vielleicht.

Sophia zieht den Reißverschluss ihres Mantels noch ein bisschen höher ans Kinn und achtet darauf, keine Haut einzuklemmen. Zurück in der Gegenwart realisiert sie, dass die Sonne zwar wunderschön scheint, ihre Füße in den Stiefeln aber trotzdem eiskalt sind. Sie geht zügig weiter, um nicht festzufrieren. Die Hände in den Manteltaschen sind trotz der Handschuhe zu festen Fäusten geballt. Sie weiß genau, dass er sich nicht ändern wird. Er ist immer noch der Mann, den sie vor vielen Jahren kennen gelernt hat.

Am nächsten Morgen in der Kanzlei geht Sophia sofort zu ihrer Chefin und bittet um mehr Stunden. Ja, sie sei sich im Klaren darüber, dass das mehr Arbeit und weniger Zeit zum Lernen bedeutete. Nein, sie wolle das trotzdem machen. Die Chefin ist einverstanden. Bereits am Abend hat Sophia den ab nächster Woche Montag geltenden neuen Vertrag unterschrieben in der Tasche. Die Chefin hat bei der

Unterschrift gelächelt und hinzugefügt, sie hätte bereits Sorgen gehabt, Sophia würde sie demnächst verlassen.

Ihre Schritte knirschen zwei Wochen später auf dem Asphalt. Der Rollsplitt liegt noch, obwohl der Schnee schon längst getaut ist. Der kleine Weg hin zu der Haustür ist gesäumt von einer etwa zwei Meter hohen Hecke. Hinter dem gerade etwas dünneren Geäst kann Sophia die großen Mülltonnen des Mehrfamilienhauses erkennen.

Die Maklerin steht bereits vor der Tür und reicht ihr lächelnd die Hand. „Da wären wir. 55 m², Duschbad, inklusive Einbauküche für 900,00 EUR kalt. Die Wohnung befindet sich im zweiten Stock. Die wird Ihnen gefallen."

Sophia lächelt und richtet den Blick nach oben. Die Fenster im zweiten Stock sind leer und im Gegensatz zu den anderen Fenstern des Hauses nicht mit Vorhängen und Fensterbankblumen verstellt. In ihrer Manteltasche spielt Sophia mit einer großen Murmel, die sie vor einigen Tagen in einer Schublade bei ihren Eltern gefunden hat. Immer wieder dreht sie die Glaskugel mit den Fingerspitzen und lächelt bei dem Gedanken daran, wie warm die Kugel durch ihre Bewegung bereits geworden ist.

Die Maklerin öffnet die Haustür, die eine Wolke aus Reinigungsduft und einem vertrauten, alten Geruch entlässt. Das Gebäude ist älter, als alle Gebäude, die Sophia bisher bewohnt hat. Sie betritt den Hausflur und hat das Gefühl, in einer Zeitschleife zu stecken: Es riecht so, wie früher im Hausflur ihrer Oma. Sogar der Fußboden fühlt sich genauso weich und trotzdem auf unerklärliche Weise hart an, wie bei ihren Großeltern. Der hölzerne Handlauf an der Treppe entlang ist dunkelbraun lackiert und weist eindeutige Spuren der ständigen Benutzung auf. Für den Bruchteil einer Sekunde denkt Sophia daran, wie es sich wohl anfühlen würde, sich nochmal mit dem Popo darauf herunter rutschen zu lassen.

„Alles in Ordnung?", fragt die Maklerin. Sie ist die Treppe bereits zur Hälfte hoch, als sie bemerkt, dass Sophia immer noch am Anfang des Flurs steht.

Sophia nickt und setzt sich in Bewegung: „Ja, alles bestens. Der Flur erinnert mich an meine Kindheit. Wie alt ist denn das Gebäude?"

„Oh von 1890. Die Wohnungen wurden aber alle vor fünf Jahren kernsaniert und auf den neusten Stand gebracht. Diese Wohnung", sie deutet auf die dunkel lackierte Holztür vor ihnen, „ist nach dem Auszug der Vormieter komplett renoviert worden."

Die Maklerin steckt einen Schlüssel, der an einem Bund mit mindestens 20 weiteren Schlüsseln hängt, in die Tür. Sophia betritt vor ihr den Flur und richtet sofort den Blick zur Decke. Die Stuckverzierungen in schwindelerregender Höhe passen wunderbar zu dem hellen Holzparkett.

„Dürfte ich sie bitten die Schuhe auszuziehen, damit das Parkett geschont wird?"

Sophia nickt: „Ja, natürlich." Sie beugt sich hinunter und öffnet die Schuhe, die sie dann nebeneinander vor die Wohnungstür stellt.

Durch die direkten Sonnenstrahlen, die durch die Fensterfront in das Wohnzimmer leuchten, kann Sophia deutlich einen Staubfilm auf den Fenstern erkennen. Aufgewirbelte Erinnerungen, die sich erst durch Bewegung auf den Glasscheiben niedergelassen haben, um von dort die Lage zu sondieren und sich irgendwann bereitwillig - mit Abstand zum Geschehen - wegwischen zu lassen. Auf Socken geht Sophia den Raum auf und ab und stellt sich vor, wie es wäre, hier allein zu leben. Ohne Erinnerungen, nur sie.

In ihr steigt das ihr nun schon sehr bekannt enge Gefühl auf. Sie nimmt ihr Handy und tippt: „Bin in der Wohnung. Die ist super schön und bezahlbar. Aber ich habe Angst."

Inga antwortet binnen der nächsten 30 Sekunden. „Du hast dich schon entschieden. Ich begleite dich auf deinem Weg. Aber jetzt ist es an der Zeit, deiner Entscheidung Taten folgen zu lassen. Sag die Wohnung zu."

Erneut betritt die Maklerin den hellen Raum und entschuldigt sich lächelnd: „Tut mir leid, da musste ich dringend ran gehen. Meine Tochter ist krank und die Babysitterin soll sich regelmäßig melden, ob das Fieber steigt." Sie zuckt mit den Schultern.

„Oh das tut mir leid", antwortet Sophia. „Geht es ihrer Tochter jetzt etwas besser?"

„Ja, Kinder sind echt faszinierend. Innerhalb weniger Stunden, können die Immunsysteme sich durchsetzen. Bei uns würde das ganze Tage dauern." Sie lacht auf.

„Zurück zu Ihnen. Wie gefällt Ihnen die Wohnung denn?"

Sophia schaut sich erneut um. „Sie ist ganz wunderbar. So hell. Und der Mietpreis ist wirklich fair. Ich würde sie gerne so schnell wie möglich nehmen." Die Maklerin hat währenddessen bereits eine rote Sammelmappe heraus gesucht und blättert nun durch diverse Unterlagen.

„Sehr schön. Es freut mich, wenn die Wohnung ihnen gefällt. Ich sehe gerade, dass wir von ihnen noch keine Vermieterbestätigung erhalten haben. Alles andere, Gehaltsnachweise und so weiter, sind hier. Aber es fehlt noch die Bescheinigung, dass Sie Ihre bisherige Wohnung immer pünktlich bezahlt haben und ordentlich benutzt haben."

Sophia schluckt. Sie beäugt ihre Fußspitzen. Lange warten darf sie nicht. An dieser Stelle sind auch die letzten beiden Gespräche gescheitert.

„Also ich werde so eine Bestätigung nicht erhalten", sagt sie mit Blick auf ihre Wollsocken. Sie traut sich nicht, den Blick zu heben. Kann sich aber gut vorstellen, wie die Maklerin gerade die Stirn kräuselt und einen Schritt zurück geht. Sophia spürt ihr Herz schlagen. Wie ein Hammerschlag, der Nägel in eine Kiste schlägt. In einen Sarg. Gleich wird ihr das Herz aus der Brust fallen. Jetzt oder nie. Sie hat nichts zu verlieren.

„Es tut mir leid, aber ich möchte ehrlich sein. Ich lebe zur Zeit mit meinem Exfreund zusammen. Also genau genommen, sind wir noch zusammen. Es ist seine Wohnung, seine Möbel, sein Mietvertrag und sein Geld. Ich habe erst vor kurzem meinen Arbeitsvertrag auf mehr Stunden und entsprechend mehr Geld geändert, um mir eine eigene Wohnung leisten zu können. Ich kann meinen Freund nicht bitten, mir irgendetwas zu unterschreiben und hätte auch Angst, den Vermieter anzusprechen, wenn dieser dann meinen Freund kontaktiert. Ich muss mich dringend von ihm trennen. Aber ich kann nicht einfach nur Schluss machen. Ich bitte Sie", jetzt endlich hebt Sophia den Blick und sieht der Maklerin direkt in die Augen. „Geben Sie mir bitte eine Chance."

In Sophias Augen haben sich Tränen gesammelt. Ihr Hals ist fleckig. Aber der Herzschlag ist nicht mehr schmerzhaft stark, sondern energiegeladen gleichmäßig.

Die Maklerin legt den Kopf schief und sieht Sophia einfach nur an. „Brauchen Sie Hilfe?", fragt sie dann in die Stille hinein. Sophia schüttelt ganz leicht den Kopf.

„Ich brauche eine andere Wohnung, in die ich gehen kann und die er nicht kennt." Ihr ist durchaus bewusst, wie dramatisch sich die Situation so anhört und dass Vermieter möglicherweise keine Lust auf beharrliche Exfreunde vor der Haustür haben.

Die Maklerin nickt. „Lassen Sie mich mal einen Moment telefonieren." Sie verlässt den Raum.

Sophia setzt sich auf das Parkett. Ihr scheint der Boden unter den Füßen zu entgleiten. In der Tasche ist die Murmel kalt geworden. Die Kälte bei der ersten Berührung mit den Fingerspitzen holt sie zurück in das Hier und Jetzt. Zum ersten Mal hat sie einer fremden Person gegenüber angedeutet, wie es ihr wirklich geht. Keine Scham, kein Bereuen. Stolz. Sie spürt wie sie ihre Schultern entspannt zurückzieht und sie sehr gerade sitzt. Der Kopf ruht ohne Anstrengung auf dem Nacken und der Blick geht geradewegs aus dem Fenster heraus, vorbei an den Erinnerungskörnchen. Stolz, nicht Scham. Weil die Wahrheit befreien kann. Sobald der Schleier der Verdrängung sich lüftet, löst Stolz die Scham ab. Spät vielleicht, aber nicht zu spät.

„Hi! Ich bin Jesper."

„Sophia." Ihr Herz schlägt. Er kommt wieder auf sie zu. Diesmal näher. Sehr nah.

Sie spürt seinen Atem als er in ihr Ohr flüstert: „Kaffee? Oder soll ich dich gleich hier vernaschen?"

Sie weicht zurück und berührt dabei das Regal hinter sich. Hat er das gerade wirklich gesagt? Ihre Gesichtszüge werden fest. Ihr Bauch spannt sich an. Das Buch in ihrer einen Hand bekommt Kerben ihrer Fingernägel im Buchrücken. Dann grinst er sie wieder an.

„Kleiner Scherz, komm ich lade dich ein." Er nimmt ihre freie Hand. Weiche Haut.

Sophias Füße bleiben einen Moment am Boden stehen. Ihre Finger bewegen sich ohne sie in dieser fremden, weichen Hand fort. Dann reagiert ihr restlicher Körper. Gemeinsam verlassen sie die Bibliothek.

Sophia schüttelt den Kopf. Sie hat es gewusst, sie hätte es sehen müssen. Hätte, hätte, hätte sich wehren müssen. Aber jetzt sitzt sie hier auf dem Fußboden in einer fremden Wohnung und muss darauf hoffen, dass eine ihr vollkommen fremde Person, ihr einen Vertrauensvorschuss gewährt.

Die Maklerin betritt den Raum erneut und reißt damit Sophia aus ihren Gedanken. Sophia erhebt sich und klopft sich den Mantel ab. Auch auf dem Boden befindet sich eine dünne Staubschicht, die nun von ihr aufgewirbelt wurde.

Die Maklerin lächelt. „Der Vermieter gibt Ihnen gern eine Chance. Wollen sie den Mietvertrag gleich hier unterschreiben?"

Aus Sophias Mund entweicht ein Hauch der Erleichterung. In ihrem Bauch kribbelt es, sie grinst. „Ja, sehr gern."

Sie sieht sich nochmal in dem sonnendurchfluteten Raum um, der nun noch einladender wirkt. Die Aussicht auf den kleinen Park auf der gegenüberliegenden Straßenseite hatte sie vorher gar nicht wahr genommen. Das ist ihr neues zu Hause. Ihre Hoffnung. Ihr Ausweg. Ihre Sicherheit. Nur für sie. Sie unterschreibt mit dem von der Maklerin bereit gelegten Kugelschreiber auf einem Klemmbrett und zittert vor Freude.

ERNSTHAFT

Den Koffer mit ihrer Kleidung stellt sie in den kleinen Schrank in der Garderobe. Sie streicht über die Holzoberfläche und spürt sofort wieder den Schmerz in ihrem Zeigefinger, als sie sich den Hammer beim Aufbauen darauf gehauen hatte. Ihr schmerzverzerrtes Gesicht, das Jesper ansah. Jesper der grinste und anfing zu lachen.

„Schlimm?", fragte er glucksend.

Sophia nickte und lutsche auf ihrem pochenden Finger rum. Er krabbelte zu ihr und nahm sie in den Arm.

„Du bist so herrlich niedlich." Dann küsste er sie. Der Schmerz bis heute fast vergessen.

Inga hilft dabei, die restlichen Kartons mit ihren wenigen eigenen Habseligkeiten ins Auto zu bringen. Jesper kommt in etwa einer Stunde. Die Freundinnen unterhalten sich kaum, während sie am Küchentisch sitzen und ihren Kaffee trinken. Die Uhr über der Küchentür tickt jedes Mal laut, wenn der Minutenzeiger die 12-Uhr-Marke überschreitet.

Sophia kann den Wasserhahn im Badezimmer tropfen hören. Sie kratzt sich unentwegt zwischen Zeigefinger und Daumen.

Inga legt ihre Hände darauf und guckt sie an: „Du schaffst das. Und ich bin in der Nähe." Sophia nickt. Sie spürt, wie sich ihre Schultern beim Einatmen heben und danach wieder senken, nimmt aber die Luft, die dabei in ihre Lungen strömt kaum wahr. Der Kaffee wird vor ihr kalt.

Der Schlüssel in der Tür dreht sich. Jesper lässt seine Tasche direkt daneben fallen. Sophia ballt in der Küche ihre Hände zu Fäusten. Inga sieht ihr direkt in die Augen, sagt aber nichts. Die Küchentür öffnet sich.

„Oh hey, ich wusste nicht, dass du heute vorbei kommst." Jesper küsst als erstes Sophia auf den Mund und dann Inga auf die Wange. Inga lächelt ihn an und erhebt sich dann.

Sie berührt Sophias Schulter und sagt: „Ich warte dann unten." Jesper schenkt sich einen Becher Kaffee ein, während Sophia die Wohnungstür in das Schloss fallen hört.

„Was habt ihr denn noch vor?", fragt Jesper und setzt sich auf den Platz, an dem Inga eben noch saß. Sophia blickt ihn an und atmet ein. Sie entspannt bewusst ihre Hände und lässt die Schultern beim Ausatmen fallen.

Sie sieht Jesper an und sagt: „Ich ziehe aus. Ich verlasse dich."

Die Gesichter der beiden sind starr. Sophia wagt es nicht, zu atmen. Jesper stellt langsam seinen Kaffeebecher auf den Tisch. Sophia rechnet fast damit, dass dieser beim Aufsetzen überschwappt, aber die Bewegung findet wirklich fast in Zeitlupe statt. Sophia spürt, wie sie ihre Fingerkuppen fester auf die Tischplatte drückt. Darauf bedacht, die Hände weiter entspannt wirken zu lassen. Jede Faser ihres Körpers ist jetzt so stramm gezogen, dass man sie mit einem Stupser zum

Schwingen bringen könnte. Jesper schluckt und räuspert sich.

„Dein Ernst?" Er lächelt. Das Grinsen auf seinem Gesicht wird immer breiter, bis er schallend anfängt zu lachen. Wie damals, als sie sich mit dem Hammer auf den Finger schlug. Ihren Schmerz weg lachen. Überlachen. Auslachen. Nicht Ernst nehmen.

Seine Arme liegen auf dem Tisch. Der Kaffee im Becher wird durch die Vibration seines Körpers nun doch in Bewegung gebracht. Sie runzelt die Stirn. Hat er verstanden, was sie gerade gesagt hat? Ihre Schultern ziehen sich etwas näher in die Richtung ihrer Ohren. Ihre Rückenmuskulatur wird noch fester, wenn das überhaupt noch möglich ist.

„Du verlässt mich? Was soll das denn bedeuten? Wo willst du denn hin? Wenn du bei Inga schläfst, wird dir das in drei Tagen zu anstrengend und du kommst wieder an. Sei nicht dumm Sophia. Du brauchst mich. Du liebst mich. Das ist, was zählt." Er hat es also doch verstanden. Sophia atmet ein. Etwas in ihr löst sich, als ihre Schultern sich wieder Richtung Boden senken.

„Ich habe heute alle meine Sachen ausgeräumt. Du tust mir nicht gut. Du hast mich jahrelang manipuliert und hintergangen. Ich bin nicht mehr bereit, dein Fußabtreter zu sein. Ich habe dir schon auf Malta gesagt, dass du mich mehr wertschätzen musst." Der vor dem Spiegel antrainierte Satz sitzt inklusive der kleinen Atempause vor dem Hinweis auf Malta. Ab jetzt heißt es improviesieren.

„Und ich hab dir einen verdammten Antrag gemacht, obwohl ich das eigentlich gar nicht wollte. Wer hat da bitte wen manipuliert?" Er fragt leise. Seine blauen Augen wirken kleiner als sonst. Umrandet von winzigen Fältchen, die ihr vorher nie aufgefallen sind.

Sophia stockt. Nicht ablenken lassen. Nicht verunsichern lassen. Bleib bei dir. „Nein, du drehst den Spieß jetzt nicht wieder um. Es ist nicht immer alles meine Schuld. Du bist genauso erwachsen wie ich und für deine eigenen Handlungen verantwortlich. Ich habe echt keine Lust mehr, mir das täglich zu geben. Ich wünsche dir alles Gute. Aber ich bin durch mit uns."

Sophia erhebt sich. Doch Jesper hält sie am Handgelenk fest.

„Du tust mir weh", sagt sie mit immer noch erstaunlich fester Stimme. Er bleibt auf seinem Stuhl sitzen, lässt sie nicht los, lockert aber seinen Griff.

„Sophia", er blickt sie jetzt mit größeren Augen an, die gerade anfangen, zu glitzern. Die kleinen Fältchen sind verschwunden.

„Nein, es ist zu spät." Sophia zieht ihren Arm aus seinem Griff und legt die Hand auf die Türklinke der Küchentür. Plötzlich haut Jesper mit der Faust auf den Tisch. Der Kaffeebecher kippt um und braune Flüssigkeit ergießt sich über den Tisch und den Fußboden. Jesper schiebt ruckartig seinen Stuhl zurück, streicht mit den Händen den heißen Kaffee von seinen Hosenbeinen ab und greift nach einem Handtuch. Sein Gesicht ist rot, als er das Küchenhandtuch in die Spüle wirft. Die Hose ist ähnlich fleckig, wie sein Hals.

„Verdammt nochmal. Wenn du jetzt gehst, glaub bloß nicht, dass du wieder ankommen kannst", schreit er sie an. Sie kann sich nicht erinnern, ihn jemals so wütend erlebt zu haben. „Du glaubst, du kannst mich einfach so verlassen und machen, was dir gerade in den Sinn kommt?" Die Rage in ihm sorgt dafür, dass auf seiner Stirn eine Ader beginnt zu pulsieren. „Ich hätte dich schon vor Jahren verlassen sollen. Was für eine Zeitverschwendung."

Sophia schluckt. Gleich geschafft. Ohne einen weiteren Blick auf die pulsierende Stirn verlässt sie den Raum. Nimmt den Koffer aus dem Schrank. Geht. Hört sein Toben und die umfallenden Möbel hinter der Wohnungstür nur noch gedämpft. Steigt in den Fahrstuhl. Im Spiegel das Bild einer jungen Frau. Durchsetzungsfähig. Innen drin: Pure Hilflosigkeit. Der Fahrstuhl stoppt. Hinter der Haustür steht Inga. Der Koffer rollt laut über die Schmutzfangmatte im Flur. Der Schmutz bleibt hier. Genauso wie all die Versuche, etwas zu ändern. Gespräche, die zu Nichts führten. Muster, die fest wie Teppich geknüpft waren. Ihre Schritte auf der Matte fühlen sich radikal an. Radikal endgültig. Die Tür fällt ins Schloss. In Ingas Arm fängt Sophia an, zu weinen.

„Es ist vorbei", sagt Inga sanft und streichelt ihren Rücken. „Es ist vorbei."

TEIL 2

DIE WICHTIGERE LIEBE

ALLTAG 2.0

‚Manchmal denkt man, es sei Liebe, weil man nichts anderes kennt.' Sophia schreibt diesen Satz in ihr Notizbuch. Eine abgegriffene rote Kladde, die sie seit Jahren mit sich herum trägt. Rezepte, Bilder, To-Do-Listen, Zitate und kurze tagebuchähnliche Einträge. Unsortiert, je nachdem, welche Seite beim Aufschlagen als erstes offen vor ihr lag. Kleine Klebezettel am Rand: Der Versuch, etwas Ordnung in das Chaos zu bringen. Teilweise ausgerissene oder abgerissene Seiten. Sie fährt mit der Hand über den Umschlag und wundert sich, ob dieser Schatz für irgendjemanden sonst überhaupt einen Sinn ergeben würde. Bereits in ihrer Jugend hatte sie immer ein Notizbuch dabei. Hat alles aufgeschrieben. Ungefiltert und Unsortiert. Die Sortierung kam später, Hauptsache ein sicherer Ort zum Speichern war vorhanden.

‚Manchmal denkt man, es sei Liebe, weil man nichts anderes kennt.' Sie blättert nochmal zu der Seite von eben und drückt erneut die Miene des Druckbleistifts heraus.

‚Nicht mal mehr eine rosarote Brille war da nötig, nur das Gefühl, dass es doch schon immer so war und es deshalb richtig sein muss. Ich begreife immer noch nicht, wie ich das nicht sehen konnte. Aber jetzt ist es vorbei.' Sophia klappt die Kladde zu und lässt sie auf dem quadratischen Küchentisch liegen. Ein Strauß frischer weißer Rosen steht darauf. Sie beugt sich nach vorn, um deren Duft einzuatmen. Der Tee in ihrer Tasse ist kalt geworden, schmeckt aber trotzdem noch fruchtig. Draußen ist es nach wie vor stockdunkel. Sie konnte nicht mehr schlafen, zu viele Eindrücke und Gedanken wandern durch ihren Kopf und klopfen dabei auch an längst verschlossene und vergessen geglaubte Türen. Als wäre ihr Kopf eine Aneinanderreihung an Verliesen von Gringott's Zaubererbank: Solange irgendjemand Jahrzehnte später mit einem kleinen goldenen Schlüssel auftaucht, kann man jede Kammer erneut besuchen und damit auch jede Erinnerung nochmal durchleben.

Die Kaffeemaschine setzt sich in Bewegung. Es ist also fünf Uhr. Die Zeitschaltuhr war eine großartige Idee in der Theorie: Frischer Kaffee, sobald sie morgens aus der Dusche kommt. Vor einer Stunde stand sie vor dem Gerät und hat sich gefragt, ob sie alles kaputt macht, wenn sie den Knopf schon eine Stunde früher betätigt. Sie griff stattdessen zum Wasserkocher und zog einen Teebeutel aus der Yogi-Tea-Sammelbox, die Inga ihr zum Einzug geschenkt hat. ‚Schätze dein Leben als Geschenk', steht auf dem kleinen Papierstück am Teebeutel.

Das glucksende Geräusch aus der Küche dringt noch vor dem Geruch vom Kaffee zu ihr durch. Sie erhebt sich und geht um den Küchentresen herum, der die Küche von dem kleinen Wohn- und Essbereich teilt. Sophia nimmt die Kaffeetasse und setzt sich im Schneidersitz vor die

Fensterfront im Wohnzimmer. Die Yogamatte ist zwar etwas krümelig, fühlt sich aber bequem vertraut an. Das Licht hinter ihr ist wie gedimmt, nur die beleuchtete Küchenzeile wirft einige Schatten in ihre Richtung. Von der Straße aus kann man sicher nur erahnen, dass sie gerade dort sitzt und die Baumkronen des gegenüberliegenden Parks beobachtet. Seit fünf Tagen wohnt sie nun hier. Ein Esstisch mit vier Stühlen, den sie bei einer Haushaltsauflösung erstanden und danach neu lackiert hat. Mehr steht noch nicht in ihrem neuen Reich. Aber das kümmert sie auch nicht. Das neue Bett im Schlafzimmer ist ihr ganzer Stolz. Feine weiße Bettwäsche mit winzigen Details vermittelt fast den Eindruck, sie habe das Boxspringbett direkt aus einem Hotelzimmerkatalog herausgeschnitten. Ihr erstes eigenes Bett sollte etwas besonderes sein. Wenn sie es jetzt noch schafft, auch darin zu schlafen, ginge es ihr sicher besser.

Immer wieder taucht vor ihren Augen der wütende Jesper auf. Manchmal entschuldigt er sich, gelobt Besserung. Öfter kommt er ihr gefährlich nahe. Sie schüttelt dann immer Hände und Füße. Er ist noch in ihr. Unter ihrer Haut. ‚Es ist vorbei', hatte Inga gesagt.

„Es ist vorbei", sagt sie sich ständig selber, um sich zu vergewissern. Im Grunde fängt es gerade erst an. Wie ein Tattoo, das man mit einer schmerzhaften Laserbehandlung über mehrere Wochen entfernen lassen muss, wenn man sich gegen diese eigentlich lebenslange Entscheidung richtet.

Die Autofahrt von der alten Wohnung zu dieser neuen dauerte keine 20 Minuten. Immer wieder hat Sophia über die Schulter gesehen und kontrolliert, dass sie niemand verfolgt. Ein bisschen wie in einem Spionagefilm haben sich die beiden Freundinnen gefühlt, auch wenn die Realität etwas trister und weniger glamourös war. In der neuen Wohnung angekommen, zog Sophia ihr Handy aus der Tasche und wusste, dass Jesper ihr nicht gefolgt war: Drei Anrufe in Abwesenheit und zwei Textnachrichten.

„Sophia ich mein's ernst, wenn du jetzt nicht wieder kommst, kannst du mich vergessen." 10 Minuten später gefolgt von: „Gut wie du meinst, ich lösche jetzt deine Nummer." Sophia gab Inga wortlos das Handy.

„Da ist aber jemand beleidigt", stellte Inga fest und gab Sophia das Handy zurück. Sie löschte seine Nummer und hat ihn auf allen Kanälen blockiert.

Sophia stellt den Kaffeebecher neben sich auf den Fußboden, achtet dabei darauf, nichts zu verschütten. Immer noch im Schneidersitz streckt sie die Arme nach oben und lässt ihren Oberkörper dann vor ihr auf den Boden sinken. Sie hat genügend Zeit, um noch eine ausgiebige Yogarunde vor der Arbeit einzulegen. Seit Monaten hatte sie dafür schon keine Energie mehr. Sie spürt, wie ihre Lungenflügel beim Einatmen den Boden berühren und wie sich die Schulterblätter anheben. Atmen. Konzentrieren. Gedanken kommen und Gehen lassen. Gehen lassen.

Sie bewegt sich gerade in einer fließenden Bewegung in die nächste Pose, als ihr Handy auf dem Küchentisch vibriert. Sie runzelt die Stirn. Nicht ablenken lassen. Ausatmen. Jesper? Nein. Sie erinnert sich wieder daran, dass sie ihn blockiert hat. ‚Sophia im Ernst, reiß dich mal ein bisschen zusammen', denkt sie. Sie kommt in die Vorwärtsbeuge und richtet sich auf. Dann eben morgen.

„Hast du heute schon in die Zeitung geguckt?", steht in Ingas Textnachricht. Sophia geht zur Wohnungstür und zieht ihre Schlappen an. Im Hausflur ist es eiskalt, sie macht das Licht nicht an. Nur schnell die Treppe runter zum

Briefkasten und wieder hoch. Dafür genügt die spärliche Beleuchtung des nachträglich über der Tür angebrachten Notausgangsschildes. Sobald sie unten im Flur ist, verlangsamt sich ihr Gang. Sie atmet tief ein. Wieder steht sie in Gedanken im Hausflur ihrer Großeltern. Weiß wieder, wie es sich anfühlt, zu Hause zu sein. Im Briefkasten liegt die aktuelle Ausgabe des Tagesblattes. Das Papier ist klamm.

Zurück in ihrer Küche, nimmt sie ihr Handy in die Hand und drückt auf Ingas Gesicht.

„Was soll ich mir denn morgens um halb sechs angucken?", fragt sie direkt.

„Guten Morgen dir auch Süße", lacht Inga. „Die Stadtnachrichten. Da gibt es eine Verlosung für einen Last-Minute-Trip über Weihnachten in ein Wellnesshotel nach Schweden. Die Teilnahmebedingungen sind einfach: Anrufen und auf die Liste setzen lassen. Die ersten hundert heute Morgen bekommen garantiert einen Platz."

„Aha", Sophia kommt noch nicht ganz mit. Hat die Seite aber gefunden, während sie das Handy auf Lautsprecher neben sich auf den Tisch gelegt hat.

„Was hältst du davon, wenn wir Weihnachten schwänzen und es uns gut gehen lassen?", fragt Inga.

„Ich weiß nicht. Eigentlich hatte ich mich auf ein paar ruhige Tage zu Hause gefreut", Sophia reibt sich die Augen und ärgert sich sofort: Die Finger haben sich schwarz gefärbt. Sie hat heute morgen schon Wimperntusche aufgetragen. Sie steht auf und geht mit dem Handy zusammen in ihr neues Badezimmer. Nachdem sie das Handy vorsichtig vor dem Spiegelschrank platziert hat, versucht sie, das Missgeschick wieder auszubessern.

„Wem willst du jetzt was vormachen? Dir oder mir? Wir wissen beide, dass Weihnachten zu Hause keine Ruhe, sondern Anstrengung bedeutet. Ach komm, gib dir nen

Ruck. Wahrscheinlich sind wir eh schon zu spät dran und nicht mehr unter den ersten 100 Anrufern. Wir gewinnen vermutlich ohnehin nicht mehr", stellt Inga fest. „Bitte, Bitte." Sophia kann förmlich sehen, wie Inga ihren perfektionierten Hundeblick aufgesetzt hat und das Telefon anbettelt.

„Ja gut, setz uns auf die Liste. Und wenn es nicht klappt, feiern wir ganz normal zu Hause. Was ist denn eigentlich mit deiner besseren Hälfte? Wollt ihr nicht zusammen feiern?", Sophia zieht gerade ihren Wimpernkranz nach.

„Der muss am 24. und 25. arbeiten. Da hat er mich in die Freiheit entlassen", antwortet Inga. Aus dem Hintergrund hört Sophia ein bestätigendes männliches Grummeln.

„Fein, dann hast du hiermit meine Freigabe. Freu' dich aber nicht zu früh, wahrscheinlich wird das doch wirklich nichts."

Zwei Stunden später sitzt Sophia an ihrem Schreibtisch und will gerade anfangen, einen neuen Schriftsatz zu diktieren, als ihr Handy blinkt.

„Pack deinen Bademantel ein. In drei Wochen sind wir in Schweden. Ich freu mich soooo! Hab dich lieb:*"

Sophia lächelt. Der Schriftsatz diktiert sich wie von selbst. Es fühlt sich an, als würde sie auf einer Welle aus Ideen surfen und keiner könne sie stoppen. Vielleicht hatte Inga recht und ein bisschen Wellness tut ihr ganz gut. Eine kleine Auszeit, um den Reset-Button zu finden.

Zurück in ihrer Wohnung dreht Sophia in ihren Haarspitzen, während sie versucht, die Waschmaschine zum Laufen zu bringen. Ein neues Modell. Ein Angebot. Und absolut keine Ahnung, wie die anspringt. Sie will gerade aufstehen und aufgeben, als es ihr auffällt. Sie schlägt sich mit der flachen

Hand vor die Stirn. „Sophia, bist du allein wirklich überlebensfähig?", fragt sie in die Stille. Der Wasserschlauch ist nicht angeschlossen. Um sich selbst zu beweisen, dass sie das hinbekommt, klettert sie über die Waschmaschine, um an deren Rückseite in der winzigen Nische im Badezimmer den Wasserschlauch mit dem Wasserhahn zu verbinden. Es dauert eine Weile, aber mit einer Spinne und einigen Spinnweben mehr in den Haaren kehrt sie lächelnd aus der Ecke zurück. Geschafft. Allein. Sie steht aufrecht im Badezimmer und sieht sich im Spiegelschrank. Zerzauste Haare, eine Spinne, die sich gerade auf ihre Schulter abseilt und ein breites Grinsen im Gesicht. Wenn Jesper sie jetzt sehen könnte, würde er sie nicht wieder erkennen. Selbstständig. Selbstbewusst. Im neuen Alltag verwurzelt. Sie entlässt die Spinne aus dem Fenster und kämmt sich die Haare in der nun kühleren Badezimmerluft. Lacht laut über sich selbst. Seit Jahren das erste Mal.

Es ist vorbei und fängt doch gerade erst an.

KOMMUNIKATION 2.0

Zwei Kerzen brennen bereits. Der Adventskranz steht auf dem Küchentisch und nimmt etwas zu viel Platz ein. Die Größe hatte sie beim Kauf vollkommen unterschätzt. Es duftet nach Tannenzweigen und Zimt. Die Zimtstangen auf dem Kranz sind noch nicht lange getrocknet. Die Verkäuferin auf dem Weihnachtsmarkt hatte versichert, sie habe den Kranz erst am Verkaufsmorgen gebunden. Sophia atmet den Duft erneut ein und öffnet ihr rotes Notizbuch.

Sie beginnt, zu schreiben. Lässt ihre Gedanken zu Papier fließen. Nicht besonders hübsch und sortiert, aber weniger hässlich, als wenn sie die Gedanken durch den Fleischwolf ihrer Gehirnwindungen wieder und wieder zu Hackfleisch verarbeitet. Sie hat zwar schon immer alles notiert, aber das hier ist ein neues Level. Seit Jahren hat sie sich nicht mehr so viel Zeit genommen, um jeden Morgen im Halbdunkeln alles aufzuschreiben, was sie beschäftigt.

Auf die Idee hatte sie Mona, ihre Studentin bei der Arbeit gebracht. Selbstkommunikation hatte Mona das genannt: Ein leeres Dokument, das diese auf dem zweiten Arbeitsbildschirm ständig neben sich geöffnet hat und einfach alles einträgt, das nicht unmittelbar mit ihrer aktuellen Aufgabe zu tun hat. Am Ende des Tages hatte Mona einen kompletten Aufsatz geschrieben. So bleibe sie fokussiert und habe den Kopf frei, für das, was gerade sonst so anstehe. Einen freien Kopf wollte Sophia auch bekommen.

Immer wieder beginnt das Gedankenkarussell in ihrem Kopf, sich zu drehen. Manchmal wird ihr dabei schwindelig. Quälende Fragen, wer, wann, wo etwas falsch gemacht hat, schreibt sie jetzt ungefiltert auf. Die Antworten, die der Stift gibt, erstaunen sie manchmal: ‚Du hast dich selbst verloren.' oder ‚Du hast aufgehört, auf deinen Bauch zu hören.'

Die Füllerspitze kratzt über das Papier, während sie mit sich selbst kommuniziert. Sie sitzt auf ihrem Stuhl und betrachtet immer wieder den Adventskranz. Weihnachten ist nur noch zwei Wochen entfernt. Zwei Wochen, bis sie mit Inga zusammen in Schweden in einem Hotel – hoffentlich mitten im Schnee – Saunagänge und Massagen genießen kann. Bis dahin gibt es noch eine Menge zu tun. Vor allem in Sophias Kopf.

Die etwas schrille Musik vom Karussell kann sie bereits hören, bevor sie den Weihnachtsmarkt sehen kann. Mitten im Park, versteckt hinter mehreren dicken Baumstämmen, befindet sich ein Traditionsweihnachtsmarkt: Uraltes Karussell, auf alt gemachte Buden und wesentlich weniger Besucher, als auf den Hauptmärkten mitten in der Stadt. Die Arbeitskollegen plappern, während Sophia Kindheitserinnerungen in sich aufsteigen lässt. Genau diesen Markt hat sie schon vor 25 Jahren zusammen mit ihrem Papa besucht. Beim Dosenwerfen hatte sie natürlich gewonnen und danach den Kinderpunsch mit vor Stolz glühenden Wangen getrunken. Das Kindergesicht dick eingepackt mit Mütze und Schal und der Schneeanzug nass von der Schneeballschlacht, die sich die beiden vorher auf der Wiese nebenan geliefert hatten. Sophia lächelt bei dem Gedanken. Sie sieht an sich herunter: Beiger Wollmantel, hohe Stiefelletten, Kaschmirschal und -mütze. Mit dem kleinen Mädchen im Schneeanzug hat sie optisch nicht mehr viel zu tun. Die Großstädterin, die angehende Anwältin, all das verkörpert sie spielend leicht, aber innen drin, entdeckt sie gerade wieder ihre Wurzeln.

„Woran denkst du?" Mona hakt sich bei Sophia ein. Seltsam, wie schnell man manchen Personen vertraut und sie ins Herz schließt.

„Ach nur, dass ich als kleines Kind mit meinem Vater hier zusammen war", erklärt Sophia und zeigt auf den Glühweinstand. Lauter fragt sie in die ganze Runde: „Wollen wir erst was trinken, oder erst etwas essen?" Gemischte Meinungen, dann die Ansage ihrer Chefin.

„Die erste Runde geht auf die Kanzlei. Vielleicht auch noch die zweite", sie zwinkert ihren Mitarbeitern zu, während sie das sagt. „Die erste Runde bestelle ich jetzt. Wer bis dahin etwas zu Essen besorgt hat, gut. Wer nicht wieder da ist, hat Pech gehabt." Sophia lacht. Norddeutsche sind herrlich direkt. Keiner lässt sich das zweimal sagen. Geschlossen bewegt sich die Gruppe auf den Glühweinstand zu.

„Geht es dir sonst gut?", fragt Mona, während alle anderen um sie herum versuchen, sich mit unwitzigen Jurawitzen zu beweisen, wie originell sie als Privatleute sind. Sophia trinkt einen Schluck aus dem blauen Becher, auf dem das Karussell in der Mitte des Platzes abgebildet ist. Das heiße Getränk wärmt ihren Hals und sie spürt, wie ihr eigentlich müder Körper nach einem langen Arbeitstag nochmal auflebt.

„Erstaunlicherweise ja. Ich warte immer noch auf den Aufprall. Aber bisher kam der nicht. Also ja, ich denke viel über ihn nach. Aber eigentlich eher über die Beziehung als solche. Ich bin dankbar und glücklich, dass es vorbei ist. In meinem Kopf sind ganz viele Dinge, aber es geht mir gar nicht schlecht damit. Ich weiß rational, dass es besser so ist. Mich treibt eher um, wieso ich nicht früher gemerkt habe, dass er nicht gut für mich ist."

„Manchmal macht Liebe ja bekanntlich blind."

„Ja, so muss es wohl gewesen sein. Aber guck mal, wo wir hier stehen. Wir sind doch alle nicht auf den Kopf gefallen und trotzdem muss ich jetzt damit klar kommen, dass ich mich jahrelang hab verarschen lassen. Sorry für die Ausdrucksweise. Ich weiß gar nicht, auf wen ich wütender bin, auf ihn oder auf mich." Sophia seufzt. „Egal, lass uns über was anderes reden. Wie läuft dein aktuelles Semester?" Sophia versucht, Mona aufmerksam zuzuhören. Allerdings spürt sie den Gürtel um ihren Brustkorb wieder enger und sie bemerkt, wie ihr das Atmen in der kalten Winterluft schwerer fällt. Seitdem sie die neue Wohnung zusammen mit Inga und ihren Habseligkeiten betreten hat, hat sie nicht geweint. Die Gedanken prallen unentwegt zwischen zwei Polen in ihrem Kopf hin und her. Erleichterung gegen Schuld. Schuld gegen Erleichterung. War sie selber Schuld? Hätte sie nicht früher erkennen müssen, dass etwas nicht richtig ist.

„Hey ihr beiden, kein Trübsal blasen hier. So jung kommen wir nicht mehr zusammen", mischt sich Tomas, einer der fünf Junganwälte der Kanzlei ein. Er legt einen Arm um Sophias Schultern und kneift mit der freien Hand in ihre Seite. „Die nächste Runde geht auf mich."

„Echt noch eine?", fragt Sophia, die gerade feststellt, dass sich das Karussell schon nicht mehr gleichmäßig im Kreis dreht, sondern eher ellipsenförmige Bewegungen ausführt.

„Was denn, willst du etwa kneifen?", fragt er und grinst sie an. Seine Augen glitzern kurz und wechseln dann wieder in den etwas glasigen Zustand, den sie vor etwa einer halben Stunde angenommen haben. Sophia öffnet den Mund, will antworten und bemerkt, wie die schlagfertige Antwort im Hals stecken bleibt.

„Ehrlich gesagt, ja. Du darfst mir einen Fliederbeersaft mitbringen, über den freue ich mich mehr", antwortet sie.

„Alles klar, einen Fliederbeersaft für dich", akzeptiert Tomas ihren Wunsch sofort. Der Gürtel um ihre Brust platzt förmlich auf. Egal, was bisher geschehen ist. Sie trifft jetzt ihre eigenen Entscheidungen und darf auf ihr Bauchgefühl hören und vertrauen.

10 Minuten später steht sie mit ihrem nicht alkoholisierten Getränk und einer Pommes in der Runde und hat das Gefühl, dabei zu sein. Ernst genommen, akzeptiert. Vielleicht, weil sie sich gerade das erste Mal seit langer Zeit wieder selbst ernst nimmt.

WUNSCHGEDANKE 2.0

Sie sieht ihn bereits, als sie aus dem Bus steigt. Er steht zwar hinter der Ecke, aber diesen Körper würde sie hinter jedem blätterlosen Gebüsch erkennen. Groß und mit einem Schmunzeln um die Lippen steht er da. Wartet direkt unter der Straßenlaterne. Sieht an ihr vorbei. Oder tut zumindest so. Über die Schulter trägt er die Ledertasche, die sie ihm vor drei Jahren zu Weihnachten geschenkt hat. Für seine Akten. Sie erinnert sich noch an das glatte Gefühl unter den Fingern, wenn man über die Vordertasche streicht. Den Wollmantel hat er nicht geschlossen. So, als würde er gleich in wärmere Räume wechseln und sich nicht wie alle anderen der kalten Dezemberluft aussetzen. Betonte Coolness, Sophia schüttelt innerlich den Kopf.

Für einen Moment steht sie unentschlossen in der Menge der Aussteigenden. Als sich die Gruppe auflöst, geht sie los. Eine erwachsene Frau, die auf dem Heimweg an ihrem Exfreund vorbei geht. Nichts weiter.

Ihr Herz schlägt. Sie kann es unter ihrem Mantel gegen die Innentasche pochen fühlen. Sie setzt einen Schritt nach dem anderen und blickt dabei nicht nach oben. Der Streusand der letzten Tage knirscht unter ihren Füßen. Der Schnee ist längst geschmolzen.

„Sophia, ich weiß, dass du mich gesehen hast", sagt die vertraute Stimme. Sie bleibt stehen und hebt den Blick. Er grinst sie an.

„Können wir zivilisiert miteinander sprechen?" Er legt den Kopf etwas schief.

„Meinetwegen." In ihren Manteltaschen ballt Sophia die Hände zu Fäusten.

„Darf ich mit hoch kommen? Wir sollten reden."

Sophia schluckt. Also kein Zufall.

„Nein, sag was du zu sagen hast. Ich habe noch etwas vor gleich", antwortet sie und hofft, dass er ihr Zittern auf die Minusgrade schiebt und nicht auf das unsichere Gefühl, dass sich gerade in ihrer Magengrube breit macht. Die Abenddämmerung verschwindet gerade und wird von der nächtlichen Dunkelheit abgelöst.

„Komm schon, ich tue dir nichts." Er lächelt.

Sie blickt ihn einfach nur an. Fordert ihn stumm zum Sprechen auf.

„Gut, wenn du dir selber nicht über den Weg traust, bleiben wir halt hier in der Kälte stehen." Sein Mantel ist immer noch geöffnet.

Sie seufzt. „Jesper, was willst du?"

„Mich entschuldigen. Ich hab' viel nachgedacht in den letzten Tagen. Ich hab' mich nicht richtig verhalten. Und das tut mir leid. Komm wieder nach Hause. Wir können immer noch heiraten und neu starten."

Sophia kippt der Unterkiefer nach unten. Eine Entschuldigung? Ihr Herz macht einen Hüpfer. Sie denkt unwillkürlich an das Brautmagazin, das sie ganz unten in ihrem Kleiderschrank versteckt hält. Nicht einmal Inga weiß davon. Ihre Gesichtszüge scheinen sich zu entspannen. Jesper legt eine warme Hand auf ihre kalte Wange.

„Oh meine süße Sophia", flüstert er in die Dunkelheit. Für einen Bruchteil einer Sekunde schließt sie die Augen, spürt die Wärme auf der Haut. Die Hitze. Die Energie. Die Leidenschaft. Die Schmerzen. Die Qualen. Mit immer noch offenen Mund steht sie da, schließt ihn dann und öffnet die Augen, während sie ihren Kopf schüttelt. Sie runzelt die Stirn und zieht ihr Gesicht zurück.

Sie geht einen Schritt nach hinten und steht jetzt mit dem Rücken am Bordstein. „Das kann nicht dein Ernst sein."

„Mein voller Ernst. Ich liebe dich. Das weiß ich jetzt. Bei Männern ist das manchmal so, Babe. Wir merken erst, was wir an jemandem haben, wenn derjenige nicht mehr da ist."

Sie hebt die Augenbrauen. „Ach ja?"

„Ja, wirklich. Ich vermisse dich jeden Tag."

„Was genau vermisst du denn? Dass ich deine Wäsche mache, oder dass du jederzeit Sex haben kannst, ohne dafür vorher jemanden aufzureißen?" Die Hände in den Manteltaschen beginnen zu schwitzen. Die Fingernägel kerben sich wieder tief in ihre Handinnenflächen.

„Sei nicht unfair. Es ging doch nicht immer nur um Sex."

„Es beruhigt mich, das zu hören. Aber trotzdem frage ich mich, in welcher Traumwelt du den Wunschgedanken fassen konntest, dass ich noch mal zu dir zurück komme."

„Was soll ich denn noch machen? Ich hab mich entschuldigt."

„Danke dafür. Aber ansonsten lass es einfach gut sein. Wir sind besser ohneeinander dran." Sophia macht eine kurze Pause. „Oder zumindest bin ich besser ohne dich dran", fügt sie dann leise hinzu.

In Jespers Augen blitzt etwas auf, das Sophia mit Gefahr verbindet. „Das denkst du nicht wirklich. Du brauchst mich."

„Nein." Sie geht in Richtung ihrer Haustür.

„Sophia", ruft er ihr nach.

„Was denn noch?", dreht sie sich fragend um.

„Ich krieg dich. Ich hab dich hier gefunden. Ich krieg dich. Verlass' dich drauf."

Ihre Lippen beginnen zu zittern. Er bleibt stehen und starrt sie an. Sie kramt nach dem Schlüssel in ihrer Handtasche, dreht sich um und bemüht sich, nicht zu rennen. Sie benötigt zwei Versuche, um mit den zitternden Händen die Haustür zu öffnen. Im Flur nimmt sie immer zwei Stufen auf einmal und lässt dann ihre Wohnungstür schwer ins Schloss fallen. Von innen schließt sie die Tür doppelt ab und wartet dann an die Tür gelehnt ab, bis sich ihre Atmung beruhigt hat. Langsam geht sie in ihr Wohnzimmer. An der Wand entlang, so dass die bodentiefen Fenster sie nicht preis geben. Aus einer Fensterecke blickt sie auf die Straße direkt unterhalb. Er ist nicht mehr zu sehen. Sie atmet laut aus und lässt sich auf den Boden sinken. Weinkrämpfe schütteln ihren Körper. Sie krabbelt zu ihrer Handtasche und wählt Ingas Nummer.

Eine Stunde später sitzt Inga vor Sophia auf dem Fußboden und streichelt ihren Rücken.

„Es wird alles gut. Du hast super reagiert. Du kannst ganz stolz auf dich sein."

„Inga, er hat mir gedroht. Er ist Anwalt. Er weiß ganz genau, was er wann, wie und wo sagt. Das war eindeutig eine Drohung. Ich habe Angst", fügt sie hinzu, während sie ihre Arme um ihre angewinkelten Knie schlingt.

„Meinst du nicht, dass er nur seinen gekränkten Stolz verteidigen wollte?"

Sophia zuckt mit den Schultern.

„Gut, heute Abend bleibe ich bei dir und morgen sehen wir weiter. Ich kann ihn sonst morgen auch mal anrufen, wenn du das möchtest." Sie macht eine kurze Pause und sieht in die Küche. „Hast du was zum Essen da, oder wollen wir uns was bestellen?"

„Bestellen klingt gut. Der Kühlschrank ist leer. Eigentlich wollte ich gleich noch einkaufen." Sophia erhebt sich und gießt den beiden jeweils ein Glas Wasser ein.

„Der Pizzaladen hier um die Ecke ist echt ganz gut. Und die liefern schnell."

„Prima", Inga nickt lächelnd. „Für mich bitte mit extra viel Käse."

Sophia schmunzelt. „Was auch sonst bei deinem Bärenhunger immer."

Sophia liegt im Bett und starrt im Dunkeln die Decke an. Inga liegt neben ihr und atmet gleichmäßig. Eingerollt wie ein Baby braucht sie nicht einmal ein Drittel des Bettes. Die Stille um Sophia hat sich in ihre Ohren gelegt. Sie bildet sich ein, ihr eigenes Blut rauschen zu hören. Die Bettdecke hebt sich mit jedem Einatmen. Sie schmeckt Blut in ihrem Mund. Ihre Wange ist von innen zerbissen. Sie zwingt sich, den Kiefer still zu halten.

Plötzlich durchfährt der Ton ihrer Klingel die Nacht. Sie blickt auf die Uhr auf dem Nachttisch. 2:19 Uhr. Nochmal das Klingeln. Sophia sitzt kerzengerade im Bett.

Inga grummelt und fragt in die Dunkelheit: „War das deine Haustür?" Der Schlaf klingt in jedem Wort mit.

„Ja." Sophia sitzt in ihrem Bett und wartet. Nochmal die Klingel.

„Passiert das öfter?" Inga gähnt.

„Nein." Sophia steht auf und bemüht sich kein Geräusch zu machen. Sie nimmt ihr Handy in die Hand und schaltet die Taschenlampenfunktion ein.

„Was hast du vor?", fragt Inga.

„Ich will kein Licht machen. Wer weiß, wer das ist."

Inga steht neben ihr und nimmt Sophias Hand. „Ich komme mit dir. Wir denken doch beide, dass das Jesper ist." Ihre Stimme klingt jetzt genauso wach, wie Sophia sich fühlt.

Die nackten Füße machen mit jedem Schritt schmatzende Geräusche auf dem Parkettboden. Im Flur tastet sich Sophia mit der rechten Hand an der Wand entlang. Die linke Hand hält Inga fest, die ihrerseits versucht, gegen nichts zu laufen. Sie erreichen die Wohnungstür. Die Kälte hat sich unter Sophias Nachthemd geschlichen. Eine Gänsehaut umhüllt ihren ganzen Körper. Trotzdem klappern ihre Zähne nicht. Sophia schließt die Taschenlampenfunktion ihres Handys und sieht aus dem Spion. Sieht nichts. Keinen Schatten in der Notbeleuchtung. Sie horcht nach Geräuschen vor der Tür. Als die Klingel hinter ihr erneut klingelt, fährt sie zusammen. Inga schreit kurz auf. Die beiden drücken ihre Hände etwas fester ineinander.

„Vor der Tür direkt scheint niemand zu sein", flüstert Sophia.

„Wahrscheinlich unten. Funktioniert die Gegensprechanlage?", fragt sie und deutet auf den Hörer neben der Tür.

„Ja, soweit ich weiß schon."

Inga greift an Sophias Kopf vorbei nach dem Hörer und hält ihn an ihr Ohr. „Ja?"

Sophia muss nicht jedes Wort verstehen. Jesper steht vor der Tür. Die lallende Stimme klingt nicht nur durch die Gegensprechanlage, sondern dringt auch durch die Fenster im Wohnzimmer, die direkt oberhalb der Haustür liegen. Sie lässt sich auf den Boden sinken.

„Hau ab. Wir lassen dich nicht rein!", hört sie Inga sagen. Inga legt auf. Wieder die Klingel.

„Jesper ich meine es Ernst. Wir rufen gleich die Polizei. Geh nach Hause. Du bist offensichtlich betrunken", fügt sie in den Hörer sprechend hinzu und legt dann wieder auf.

Inga kniet sich zu Sophia herab.

„Er scheint total betrunken zu sein. Seine Stimme klingt auf jeden Fall so."

Sophia nickt. „Was will er?"

„Hochkommen, dich mit nach Hause nehmen, sich mit dir vertragen, dich fertigmachen, such dir was aus... Ich habe auch ehrlich gesagt nur die Hälfte verstanden."

In diesem Moment hören sie ein lautes Geräusch an der Fensterscheibe des Wohnzimmers. Im Dunkeln und ohne die Taschenlampe zu benutzen gehen die beiden Freundinnen langsam in diese Richtung. Das Wohnzimmer wird nur durch die Straßenlaternen von außen beleuchtet. Ansonsten bleibt es dunkel. Die beiden stehen vor dem Küchentresen und sehen sich an.

„War das ein Stein?", fragt Sophia.

Inga zuckt mit den Schultern. „Gut möglich."

Nochmal das laute, knallende Geräusch an der Fensterscheibe. Dann eindeutiges Geschrei von der anderen Straßenseite.

„Sophia, ich weiß, dass du da oben bist. Du gehörst zu mir, mach dir doch nichts vor!", klingt es dumpf durch die Scheiben. Unter der Straßenlaterne auf der anderen Gehwegseite erkennt Sophia eindeutig seine große Figur. Er beugt sich nach vorn und sucht offenbar nach weiteren Steinen. Ungelenk und fast nach vorne fallend bewegt er sich durch den Lichtschein der Laterne.

„Soll ich die Polizei rufen?", fragt Inga.

Sophia nickt. Ihr ist heiß geworden. Ihre Wangen glühen und sie muss sich wieder setzen. Lässt Jesper nicht aus den Augen. Inga holt ihr Telefon und kontaktiert die Polizei.

„Die schicken eine Streife. Ist in fünf Minuten da."

Jesper steht nach wie vor auf der anderen Seite und starrt nun in Richtung der Fensterscheiben. Warum hat sie nur noch keine Vorhänge?

„Er scheint es wirklich ernst zu meinen", flüstert sie. Sie spürt Ingas Blick auf sich. „Also irgendwie ist es ja auch süß, dass er jetzt doch noch versucht, um mich zu kämpfen." Sie muss lächeln. Sie wirft einen Blick auf die andere Gehwegseite. Spürt die Sehnsucht in sich. Nach dem vertrauten Geruch. Nach den starken Armen. Fragt sich, warum sie nach der Arbeit noch so taff reagiert hat.

Inga nimmt Sophias Gesicht in beide Hände und dreht so deren Kopf wieder zurück in den Raum. „Weißt du was ich sehe? Einen Mann mit gekränktem Ego, der sein Spielzeug zurück haben will. Nichts weiter. Was du gerade mit liebevoller Leidenschaft verwechselst, ist nichts weiter als purer Egoismus und Bequemlichkeit." Inga lässt die Hände auf Sophias Schultern sinken und ruckelt kurz daran. „Vorhin hattest du Angst. Sag mir bitte nicht, dass dir das hier jetzt keine Angst mehr macht." Sie zeigt auf Jesper auf der Straße, der hochstarrt, obwohl er die beiden im stockdunklen Wohnzimmer nicht sehen kann.

Am Ende der Straße beginnt es, blau zu blinken. Ohne Martinshorn, aber mit eingeschaltetem Blaulicht kommt der Wagen direkt neben Jesper zum stehen. Zwei Beamte steigen aus. Jesper gestikuliert. Tritt einen Schritt zurück. Versucht, wegzulaufen, wird nach zwei Schritten festgehalten. Holt dann doch seinen Ausweis heraus. Sophia kennt das schon aus der Ausbildung: Personalien aufnehmen, Platzverweis aussprechen, Im Zweifel Zwangsmaßnahmen ergreifen. Jesper kennt das auch. Er geht.

Die beiden Beamten steuern auf Sophias Haustür zu. Es klingelt. Inga öffnet die Tür. Eine Anzeige wird aufgenommen. Die dringende Empfehlung ausgesprochen, eine einstweilige Verfügung bei Gericht zu beantragen. Gewaltschutz. Man könne nie wissen.

In Sophias Ohren rauscht es. Sie hört zu und fühlt sich wie in einem ihrer Fälle aus dem Referendariat gefangen. Wie ein Film, der vor ihren Augen abläuft. Sie wurde unfreiwillig zur Protagonistin. Am liebsten würde sie sich unter ihrer Daunendecke verstecken und so tun, als sei nichts von all dem passiert. Kein nächtlicher Polizeieinsatz. Kein betrunkener Jesper. Keine Nachbarn, die nachts aus ihrem Bett geholt werden, weil jemand anscheinend noch offene Rechnungen mit der Neuen aus dem Obergeschoss hat.

„Ich weiß, dass du recht hast", flüstert Sophia zwei Stunden später in die Dunkelheit. Zurück im Bett hat sich ihr Puls beruhigt und es fällt ihr leichter, klare Gedanken zu fassen.

„Das ist gut." Inga gähnt. „Du hast was Besseres verdient. Ganz ehrlich! Du verdienst jemanden, der dich gut behandelt und dir jederzeit sagen kann, dass er dich liebt. Jemand, der sich erst Mut antrinken muss und dann feige mit Steinen gegen deine Fensterscheibe klopft, als wäre er in einem kitschigen Film aus den Achtzigern, ist nicht der Richtige für dich." Inga legt sich dicht neben Sophia. „Es wird alles wieder gut."

„Das wäre schön." Sophia lächelt und spürt, wie die Tränen, die sich in ihren Augen gesammelt hatten, wieder verschwinden. Der Gewaltschutzantrag beim Familiengericht ist eine Formalität. Ein zahnloser

Papiertiger. Sie weiß das. Aber sie hofft, dass Jesper den Subtext versteht.

Ein Teil von ihr hofft, dass auch sie ihn versteht. Wirklich begreift. Sie weiß, dass Inga recht hat. Aber in Gedanken kuschelt sich gerade nicht ihre beste Freundin an sie, sondern Jesper. Der Mann, den sie heiraten wollte. Seine Leidenschaft imponierte ihr immer schon. So ist er nun mal. Wild. Unbändig. Nicht in Schubladen und Normen zu stecken. Kein Dokument, das man einfach in einen Aktenordner heften und dann vergessen kann. Im Dunkeln lächelt sie. Sie weiß, dass diese Serie schon viel zu viele Staffeln hatte. Und wie die meisten Serien würde aus einer guten Geschichte mit einer nachproduzierten Staffel eine weitere Aufmerksamkeit haschende Billigproduktion oder ein liebloses Spinn-Off werden. Ihr Kopf versteht das. Aber ihr Herz ist nur ein einsames Fangirl, dass sich gemütlich mit einer Tüte Chips auf dem Sofa einkuscheln will, um so viel Herzschmerz wie möglich zu konsumieren.

VORFREUDE 2.0

Sie packt den silbernen Rollkoffer mit Bedacht. Bequeme Kleidung wandert hinein, während sie die Skinnyjeans im Schrank liegen lässt. Nur ein feines Cocktailkleid faltet sie ordentlich zusammen und hofft, dass dieses zum Weihnachtsfest im Hotel noch einigermaßen aufgebügelt aussieht. Zumindest dem Spitzenstoff dürfte nichts passieren. Die Verkäuferin hat zugesichert, das Kleid sei bügelfrei und gut für Reisen geeignet. Hätte Sophia gefragt, ob sie das Kleid auch zur Gartenarbeit tragen kann, hätte die Verkäuferin das wahrscheinlich genauso überschwänglich bejaht. An ihrer Hand zählt sie die geplanten Tage in Schweden durch und packt dann doch doppelt so viel Unterwäsche ein. Man könne nie wissen, wusste schon ihre Oma.

Es klingelt an der Haustür. Sie zuckt zusammen. Noch hat sie sich weder an den neuen Klingelton gewöhnt, noch erwartet sie Besuch. Sie zwingt sich langsam zur Tür zu gehen. Sie nimmt den Hörer der Gegensprechanlage in die Hand.

„Ja?"

„Ich bins, kann ich hoch kommen?", Ingas Stimme lässt Sophias Mundwinkel sofort nach oben fahren. Erleichtert drückt sie den kleinen blauen Knopf neben dem Hörer und öffnet ihre neuerdings doppelt verriegelte Wohnungstür. Sie lässt die Tür offen stehen und geht zurück in ihr Schlafzimmer, um den Koffer weiter zu bestücken.

„Denk an Badelatschen oder so für die Sauna", sagt Inga und lässt sich zwei Minuten später mit roten Wangen auf das Bett fallen. Sie legt sich mit dem Rücken auf die Hälfte der zurecht gelegten Klamotten und lässt die Füße, die immer noch in ihren Stiefeln stecken über die Bettkante baumeln. Sophia steht vor ihr, bemüht sich, ein strenges Gesicht zu machen und stemmt die Hände in die Seiten.

„Hast du als Kind nicht gelernt, die Schuhe auszuziehen, bevor du ins Bett gehst?", fragt sie mit prustender Stimme. Inga hebt die Füße in die Luft, bleibt dabei aber flach liegen und sieht durch schmale Schlitze durch die Augen auf ihre Stiefel.

„Oh, hab ich wohl vergessen. Oder vielleicht war ich auch betrunken als man mir das erklärt hat."

Sophia lässt sich lachend neben ihrer Freundin fallen. „Erzählst du mir, wie ich zu der unerwarteten Ehre deines Besuchs komme?"

„Ich war gerade in der Nähe und dachte mir, ich hol mir nen Kaffee ab. Wusstest du, dass du hier echt in der Pampa wohnst? Ist ja fast schlimmer als zu Hause. Ich musste zehn Minuten gehen von der S-Bahn-Station bis zu dir. Klarer Standortnachteil", fügt sie einer imaginär in der Luft geschriebenen Liste hinzu.

„Ich wusste nicht, dass wir den Standort überhaupt noch beurteilen. Ich finde es schön. Ist so gemütlich hier draußen. Und soll ich dir ein Geheimnis verraten?", sie stupst Inga in die Seite. Inga zieht die Augenbrauen hoch und nickt.

„Von der S-Bahn fährt alle 10 Minuten ein Bus ab, der nur 50 m von hier entfernt hält", flüstert sie Inga ins Ohr, als hätte sie gerade ein Staatsgeheimnis verraten.

„Neeeein", ruft Inga in gespielter Verzweiflung. „Warum erfahre ich erst jetzt davon?"

Sophia lacht und flüstert dann nochmal in Ingas Ohr, nachdem sie sich nach links und rechts blickend vergewissert hat, dass sie niemand belauscht: „Auf deinem Handy gibt es eine App, die dir die Route zu mir inklusive Bushaltestellen verrät. Aber sag es niemandem weiter. Sonst sind wir alle in Gefahr."

Inga prustet los. „Ja gut, ich bin manchmal ein bisschen blöd. Aber dafür hab ich ja dich." Sie umarmt Sophia auf dem Bett und richtet sich dann auf. „Bekomme ich jetzt meinen Kaffee? Ich verdurste gleich nach diesem Gewaltmarsch."

„Klar, wenn du vorher die Schuhe auszieht."

„Freust du dich auf Schweden?", fragt Inga zwanzig Minuten später an dem kleinen Tisch im Essbereich. Die dritte Kerze des Adventskranzes leuchtet hell und flackert noch nicht ganz so stark, wie die beiden anderen brennenden Lichter.

„Ja, ziemlich." Sophia nickt und trinkt ihren Kaffee. „Am meisten freue ich mich jetzt doch, einfach mal aus dem Trott raus zu kommen und auch niemandem etwas schuldig zu sein. Du hast schon recht. Zu Hause bleibe ich ja doch irgendwie Tochter und komme nicht so richtig zur Ruhe. So ein echter Urlaub ist schon ganz schön." Sie macht eine kurze Pause und grinst. „Sagt diejenige, die gerade vor zwei Monaten eine Woche auf Malta war."

„Naja, das haken wir mal als netten Versuch ab. Entspannt hast du dich da ja wohl nicht, soweit ich das jetzt im Nachhinein beurteilen kann."

„Nein, wohl nicht. Ich bin auch immer noch nicht durch mit dem Thema. Vor allem nach der letzten Woche. Umso mehr freue ich mich auf die Auszeit. Mit dem netten Nebeneffekt, dass da bestimmt auch keiner nach uns sucht."

„Mach dir nicht zu viele Sorgen. Es ist erst einmal geklärt und ich hatte auch den Eindruck, dass er sein Ego nicht noch mehr kränken lassen will und sich eher anderweitig orientiert. Wenn ich du wäre, würde ich versuchen, die Geschichte hinter mir zu lassen. Wut, Verbitterung oder sogar Hass haben noch nie jemandem wirklich geholfen, oder?"

Sophia nickt. Das rasende Gefühl der letzten Woche kann sie in ihrem Bauch schon gar nicht mehr finden. Ein wenig Magensäure spürt sie noch, wenn sie daran denkt, wie gefährlich die Situation hätte werden können. Aber rational weiß sie, dass Inga Recht hat. Das erleichterte Gefühl in ihrem Kopf und auf ihren Schultern direkt nach der Trennung gefällt ihr auch viel besser, als die Angst der letzten Woche. Rückschläge gehören zum Heilen dazu. Aber wichtig ist auch, sich dann wieder aus dem kleinen Loch heraus zu hieven. Immerhin sitzt sie nicht mehr in dem Krater ihrer Beziehung, sondern ist schon viele Meter davon entfernt. Dass die Straße hier noch etwas rissig und uneben ist, muss sie akzeptieren. Und manchmal wird aus einem kleinen Riss dann eben auch noch ein Loch. Aber die Hauptsache ist, dass der Sargdeckel auf dem Krater gut hält. Es bleibt ihre Entscheidung. Sie muss nicht wieder zurück in diese Situation. Der Gewaltschutzantrag vor Gericht wurde so durchgewunken. Seitdem hat Jesper keinen Kontaktversuch mehr unternommen. Sophia hofft, auch seine Ehre als Anwalt ist so angekratzt, dass er sich nicht weiter gegen den Beschluss zur Wehr setzen wird. Schlimm genug, wie weit es überhaupt gekommen isr. Jetzt wird er sich vor seinen Kollegen sicher nicht noch die Blöße geben wollen, in einer möglichen Anhörung gegen sie vor Gericht zu verlieren.

„Deine Wohnung könnte übrigens noch ein bisschen mehr Farbe vertragen", reißt Inga sie aus ihren Gedanken.

Sophia blickt sich um und zuckt mit den Schultern. „Joa, Schritt für Schritt. Irgendwelche konkreten Vorschläge?"

„Weiß nicht, Farbe kaufen, Pinsel in die Hand und abstrakte Kunst? Etwa hier?" Sie ist aufgestanden und steht nun an der Wand hinter der Yogamatte, die zur Zeit auch als Sofaersatz dient. Mit Armbewegungen, als wolle sie einen Regentanz aufführen, lehnt sie sich an die Wand.

Sophia rückt ihren Stuhl auf dem Boden knarzend in Ingas Richtung zurecht und lächelt sie an.

„Das meine Liebe haben wir in deinem Kinderzimmer mit etwa zehn Jahren und zwei Tuschkästen schon mal versucht, wenn du dich erinnern möchtest. Deine Mama war weniger begeistert."

Inga grinst. „Aber Mama muss ja gar nichts davon wissen. Ach komm schon, das wäre bestimmt lustig. Und notfalls streichen wir alles wieder weiß über." Die Augen weit aufgerissen, nickt sie Sophia zu.

„Ok, Kompromissvorschlag: Ich besorge Farben und Leinwände und wir malen deine abstrakte Kunst darauf. Wenn es gut wird, hängen wir es auf. Ich hab wirklich keine Lust, hier ständig neu zu streichen."

Inga sprintet auf Sophia zu und umarmt sie. „Juhu!"

Den restlichen Nachmittag verbringen die beiden damit, Sophias Koffer zu packen und Ingas spontane Einfälle einem

Machbarkeitscheck zu unterziehen. Nein, Sophia möchte keine Wandmalerei an der Decke über ihrem Bett. Ja, Vorhänge im Wohnzimmer kann sie sich vorstellen. Nein, schwarze Wände im Flur sind etwas zu viel des Guten.

„Wenn du unbedingt etwas einrichten willst, mach das doch in eurer Wohnung."

„Matthias meint, ich hätte mich genug ausgetobt", erklärt Inga mit Hundeblick, während sie auf einer Serviette eine Skizze des Wohnzimmers anfertigt und darauf imaginäre Möbel platziert. „Er sagt, noch mehr Deko könne er nicht ertragen. Und ehrlich gesagt haben wir auch wirklich keinen Platz mehr. Bei dir hingegen..." Sie blickt sich im Zimmer um und öffnet die Hände. „... sind die Wände und Regale entweder leer oder noch nicht mal vorhanden."

„Hat dir schon mal jemand gesagt, dass du echt den falschen Beruf erlernt hast?", fragt Sophia sie seufzend. Sie setzt sich auf den Koffer und versucht dann, den Reißverschluss zu schließen.

„Findest du? Die Tiere mögen mich. Und ich mag die Tiere. Innenarchitektur ist nur so ein Hobby. Ein Hobby, mit dem man seine Freunde auch viel besser nerven kann, als mit Veterinärmedizin", fügt sie schmunzelnd hinzu. Sie drückt mit beiden Händen auf den Koffer unter Sophias Knien, der sich dadurch etwa 10 Zentimeter weiter schließen lässt.

„Im Flugzeug sollte der wahrscheinlich ganz zu sein, oder?", fragt Sophia mit gekräuselter Stirn.

„Mhm." Inga nickt.

„Dann lasse ich den Bademantel halt hier. Die kann man da bestimmt leihen."

„Ach so, ja klar. Hab ich dir das gar nicht erzählt? Upsi, tut mir leid. Wir bekommen da alles in so einem Premiumpaket gestellt."

Sophia sieht Inga an und lächelt nur, während sie leicht den Kopf schüttelt. Sie öffnet den Koffer und nimmt den Bademantel und das große Saunahandtuch heraus.

„Wann genau wolltest du mir das denn noch erzählen?"

„Wenn wir ankommen?" Inga setzt wieder ihren Dackelblick auf. Sophia schüttelt nochmal den Kopf und nimmt ihre Freundin dann in den Arm.

„Ich hab dich lieb, du Chaotin!"

„Ich dich auch! Und eine von uns muss doch dein Organisationstalent von Zeit zu Zeit herausfordern. Sonst hättest du doch gar keine Chance, besser zu werden." Das breite Grinsen auf Ingas Gesicht wirkt fast wie durch eine schlechte Fotomontage hinzugefügt.

„Was hab ich nur für ein Glück, dich zu haben."

„Gut, dass du das auch endlich merkst. Hat ja nur zwanzig Jahre gedauert." Inga gibt Sophia einen lauten Schmatzer auf die Wange und zieht sich dann die Stiefel an, die immer noch im Schlafzimmer stehen.

„Jetzt muss ich aber los, bevor wir noch rührselig werden. Matthias kocht heute für mich und ich denke, ich werde ihm als Dankeschön noch einen neuen Kerzenständer mitbringen oder so."

„Du bist einfach unverbesserlich", Sophia lacht, während sie ihre Freundin in den Hausflur verabschiedet.

URLAUBSGEFÜHLE 2.0

Das Hotel liegt tief im Wald verborgen. Durch enge Kurven und eine eisbedeckte Straße fährt der Fahrer des Taxis Sophia und Inga in Richtung ihres Kurzurlaubs. Die hohen Tannen lassen kaum Licht durch die schneebedeckten Zweige und auch ansonsten scheint es so, als sei die Sonne hier schon länger nicht mehr zu Besuch gewesen. Aus dem Fenster sieht Sophia moosüberzogene Steine. Sie rechnet jederzeit damit, dass sie durch die vereisten Wurzeln der Bäume kleine Zipfelmützen entdeckt.

„Suchst du nach Waldgeistern?", fragt Inga passenderweise. Manchmal vergisst Sophia, wie lange die beiden schon befreundet sind.

„Jedes Mal, seit wir diesen Ausflug auf der Klassenfahrt gemacht haben."

„Ich auch", lacht Inga.

Beide sehen zusammen aus Sophias Fensterscheibe als das Taxi langsamer wird. Hinter der nächsten Kurve passieren sie ein Holzschild, das zwar etwas verwittert ist,

aber auf dem deutlich die Worte „Hotel and Spa"
eingeschnitzt sind. Wenige Augenblicke später finden sich
die beiden auf einer runden Auffahrt wieder, bei der
zumindest der Versuch unternommen wurde, sie vom
Schnee zu befreien. Einige Kopfsteine der Pflasterung sind
zu erkennen. In der Mitte des Platzes erhebt sich ein
meterhoher Schneeberg. Erst als das Taxi darum fährt und
Sophia genauer hinsehen kann, erkennt sie hierunter eine
Art Steinhochbeet, das nun offensichtlich als Ablageort für
überflüssigen Schnee genutzt wird.

Sophia steigt aus. Die Schuhe sinken ein paar Zentimeter
tief in den Neuschnee ein. Es knirscht unter der Sohle und
die Kälte schlägt ihr sofort in das Gesicht. In diesem Moment
bereut sie, dass sie für den Flug nur eine bequeme Yogahose
angezogen hat. Ohne Widerstand zu leisten, läd diese die
Kälte förmlich unter ihren Mantel ein. Lediglich der
selbstgestrickte Pulli ihrer Oma hält einen Teil ihres
Oberkörpers warm.

Der Taxifahrer hebt die beiden kleinen Koffer aus dem
Kofferraum und verabschiedet sich. Sophia und Inga stehen
vor der roten Blockhütte, die aussieht, wie ein typisches
Sommerhaus in Schweden. Rot lackierte Holzfassade mit
weißen Fenstern und Schindeln auf dem Dach. Aber dieses
Haus ist größer, viel größer, als Sophia jemals eines dieser
Art gesehen hat. Die Veranda vor der Eingangstür erstreckt
sich über die gesamte Breite des Gebäudes. Das Geländer
der drei Stufen, die hinaufführen, ist ebenfalls mit
Neuschnee bedeckt. Auf den Stufen liegt frischer Schnee,
gemischt mit Sand. Vorsichtig hieven die beiden ihre Koffer
die Treppe hoch und lassen sie auf der Veranda schwer
wieder auf den Holzuntergrund fallen. Dieser gibt mit einem
ächzenden Geräusch nach. Die Schwingung können beide
unter den Fußsohlen spüren.

„Sieht doch gemütlich aus", sagt Inga, bevor sie die weiß lackierte Holztür mit den zwei kleinen Fensterscheiben auf Augenhöhe öffnet. Sophia nickt und dreht sich noch einmal um: Hinter ihr liegt die Auffahrt nun wieder still und der Wald schluckt sämtliche Geräusche. Es ist immer noch nicht richtig hell und trotzdem hat Sophia das Gefühl in dieser Kälte frei atmen zu können. Am liebsten würde sie sich in eine der vielen Sitzecken auf der Veranda begeben und sich in ihr mitgebrachtes Buch vertiefen.

„Kommst du? Ich finde es echt kalt." Inga steht bereits im Windfang des Hotels.

„Ja, sorry. Ist wirklich schön hier." Sophia betritt den warmen Windfang direkt hinter ihrer Freundin. Nach der zweiten Tür ins Hotel schleicht sich sofort der Geruch von Streichhölzern und einem offenen Feuer in die Nase. Während sie zu der gegenüberliegenden Rezeption gehen, erblickt Sophia einen kleinen Salon auf der rechten Seite, in dem tatsächlich ein offener Kamin brennt und den Raum in warmes Licht taucht. Sie entdeckt aus der Entfernung eine flaschengrüne Sitzgarnitur, die direkt vor einem wandhohen und voll gefüllten Bücherregal steht. Vor der Tür hängt ein Schild. „Silence please."

Ein Begrüßungscocktail und zwei Saunagänge später, tritt Sophia frisch geduscht in ihrem weißen Bademantel aus dem Badezimmer. Sie lässt sich neben Inga aufs Bett fallen, die gerade die Menükarte für das Abendessen studiert.

„Heute Abend gibt es Fisch und morgen gibt es dann ein Festessen zu Heiligabend. Klingt auf jeden Fall vielversprechend", erklärt sie. Sophia murmelt etwas Zustimmendes und schließt die Augen. Sie hört auf die Geräusche um sie herum, spürt, wie müde ihr Körper von den letzten Wochen eigentlich ist. Es ist still im Hotel, aber manchmal hört man Wasser durch die Leitungen rauschen. Das Gebäude verrät so sein wahres Alter. Die Einrichtung ist urig. Sophia würde am liebsten alle Möbelstücke fotografieren. So könnte sie sich ihre eigene kleine Wohnung auch einrichten. Simpel, aber gemütlich. Am Ende ihres Bettes steht eine mit lachsfarbendem Samtstoff bezogene Bank, die zu den Sesseln vor den tiefen Balkonfenstern passt. Der Balkon dahinter wird von einer dicken Schneedecke bedeckt. Es sind keine Möbel darauf zu finden und ein Schild auf dem Tischchen zwischen den Sesseln bittet die Besucher darum, sich nach Möglichkeit aus Sicherheitsgründen nur auf der unteren Veranda aufzuhalten.

„Ist es in Ordnung, wenn ich ein bisschen schlafe?" Sophia gähnt.

„Klar, Sauna haut einen ganz schön um, ne?" Inga nimmt eine Zeitschrift aus ihrer Handtasche und während Sophia ihre Bettdecke zurückschlägt und sich in das weiche Federkissen sinken lässt, fängt sie an, darin zu lesen.

„Ich freu mich, dass wir hier sind", murmelt Sophia kurz vor dem Einschlafen. Sie kann Ingas gerührten Blick auf sich nicht mehr sehen. Sie schläft schon.

Als sie zwei Stunden später aus einem traumlosen Schlaf erwacht, ist Inga nicht zu sehen. Auf dem Tischchen am Balkonfenster liegt ein Zettel.

„Habe eine Massage gebucht. Bin vor dem Abendessen wieder hier, um mich fertig zu machen. Ruh dich schön aus. Das hast du dir verdient!"

Sophia setzt sich mit der Notiz in der Hand nochmal auf das Bett. Sie hat immer noch den Bademantel an. Ob sie nochmal in den Wellnessbereich gehen sollte? Vielleicht gibt es ja kurzfristig auch einen Massagetermin für sie? Dann fällt ihr Blick aus dem Fenster. Es ist noch dunkler geworden draußen. Trotzdem wirkt das Licht seltsam hell. Sophia steht auf und sieht aus der Scheibe. Es schneit. Langsam fallen dicke Flocken vom Himmel auf die Auffahrt. Sie geht zu ihrem Koffer, holt die dicksten Sachen heraus, die sie dabei hat und macht sich dann ausgerüstet mit Fausthandschuhen und einer warmen Mütze auf den Weg nach draußen.

Beim Hinaustreten schlägt ihr die kalte Luft schon nicht mehr so stark entgegen, wie noch bei der Ankunft heute morgen. Sie zieht die Schultern Richtung Ohren und steigt vorsichtig die drei Stufen der Veranda herab. Der Schnee fällt lautlos auf den Boden und auf ihre Mütze. Ihre Schritte klingen dumpf und bringen den Schnee jeweils in die Form ihrer Schuhsohle. Sie folgt der Auffahrt bis zu deren Ende. Dort wo das verwitterte Willkommensschild des Hotels steht, entdeckt sie einen Wegweiser. Ein Rundwanderweg startet genau hier. Sie folgt dem Schild und verlässt die asphaltierte Straße.

Auch wenn sie es nicht für möglich gehalten hätte, ist es hier noch ruhiger und auch dunkler. Aber durch die weiße Umgebung kann sie trotzdem alle Wurzeln und Hindernisse auf dem Wanderweg erkennen. Hier schneit es zwar ebenso, allerdings hat der Schnee es deutlich schwerer, durch die Äste der Tannen zu ihr zu gelangen. Vor ihrem Gesicht taucht immer wieder eine Nebelwolke auf, die mit jedem Einatmen wieder verschwindet. Sie zieht ihren Schal vor den Mund, als sie bemerkt, wie rau ihr Hals sich schon anfühlt.

In ihrer Erinnerung taucht ein langer Spaziergang durch den seltenen Schnee in Schleswig-Holstein an Jespers Hand auf. Ein Zufall, dass sie beide aus der gleichen Kleinstadt kommen und sich doch nie über den Weg gelaufen sind. Im Teenageralter machen vier Jahre Altersunterschied ein halbes Leben aus. Jesper war außerdem auf der teuren

Privatschule außerhalb der Stadt, die Sophia nur vom Vorbeifahren aus dem Auto kannte. Bei einem ihrer ersten gemeinsamen Besuche ihrer Heimat zeigte er ihr das Areal und gemeinsam sind sie Hand in Hand an der Steilküste entlang der Ostsee durch den Schnee gestapft.

Sophia lächelt. Es war nicht alles immer schlecht. Es war ein schöner Nachmittag. Erzählungen, kalte Füße, heiße Schokolade vor dem Ofen, eiskalte Lippen beim Küssen, Zukunftspläne, Zeit. Sie hatten noch alles vor sich. Beide hatten schon so viel aus der gleichen Welt erlebt. Es fühlte sich fast wie gemeinsame Erlebnisse an. An diesem Nachmittag sagten sie sich das erste Mal, dass sie sich lieben. ‚Schicksal', schoss es Sophia dabei durch den Kopf.

Sie muss sich bemühen, wieder im schwedischen Wald direkt um sie herum anzukommen. Langsam wird es zu dunkel auf dem unbeleuchteten Waldweg. Sophia zückt ihr Handy aus der Tasche und lässt die Taschenlampenfunktion eingeschaltet, während sie den Weg zurückgeht. Ein paar Mal knackt es im Unterholz neben ihr. Meistens huscht dann schnell ein Eichhörnchen an einem Baum hoch. Jedes Mal erschrickt sie sich. Erleichtert atmet sie ein, als sie wieder am Holzschild der Hotelauffahrt angekommen ist. Der Schnee bedeckt die Einfahrt nun wieder vollständig und lässt nicht nach. Sophia richtet den Blick nach oben und kann vor lauter Flocken den Himmel nicht mehr ausmachen. Sie blickt nochmal zurück und verspricht sich selber, den Spaziergang nochmal zu machen. Im Hellen. Herrlich verwunschen ist dieser Wald. Herrlich verwunschen und im Dunkeln etwas zu gruselig. Als sie die Treppe im Hotel wieder hinaufsteigt, denkt sie an ihren Schreck, als das erste Eichhörnchen sie begleiten wollte. Sie muss über sich selber grinsen. Die sind die Besucher wahrscheinlich gewöhnt. Jesper ist schon wieder aus ihrem Kopf verschwunden.

Am nächsten Morgen steht Sophia lange vor Inga auf. Inga gehörte schon in Kindertagen eher zu der Sorte Mensch, die bis mittags schlafen können. Bei Übernachtungsgelegenheiten hat Sophia mehr als einmal allein mit deren Eltern gefrühstückt. Heute steht Sophia auf, zieht sich an und verlässt das Zimmer leise. Vorher hat sie sich einer kurzen Morgentoilette unterzogen. Das Erdgeschoss wird durchströmt von einer Duftmischung aus Tannennadeln, getrockneten Orangen und Zimt. Der Weihnachtsbaum in der Ecke des Eingangsbereichs ist im Gegensatz zu gestern beleuchtet und einige Geschenke liegen zur Zierde darunter.

Im Frühstücksraum ist noch nicht viel los. Sie gibt am Eingang einer jungen Frau, die sich als Anna vorstellt, ihre Zimmernummer und setzt sich dann an einen Fensterplatz. Von hier eröffnet sich der Blick in einen weitläufigen Park hinter dem Hotel, den sie gestern gar nicht wahrgenommen hat. Mitten auf dem schneebedeckten Rasen steht ein riesiger Weihnachtsbaum, dessen Beleuchtung sogar das Licht im Frühstücksraum wärmer macht. Der Baum ist mit großen roten und goldenen Kugeln geschmückt und wie alles um ihn herum mit Schnee bedeckt. So als würde er einen Winterschlaf vor dem großen Einsatz am heutigen Abend halten. Das Hotel muss am Rande einer riesigen Lichtung stehen, oder der Wald wurde für diesen Zweck extra gerodet. Sophia hofft auf ersteres und beschließt, im Zweifel für den Angeklagten davon auszugehen. Anna serviert ihr eine Tasse Kaffee und wünscht einen guten Appetit.

Das Frühstücksbuffett erstreckt sich über einen fast zehn Meter langen Tisch quer durch den Raum und lässt kaum Wünsche offen. Langsam geht Sophia an der Tafel entlang und versucht, sich die unterschiedlichen Geschmäcker der Köstlichkeiten vor ihren Augen vorzustellen. Unmöglich kann sie das alles heute und morgen durchprobieren. Sie hätten doch das Angebot des Hotels annehmen, und die gewonnene Reise bis Neujahr verlängern sollen. Nach diesem Frühstück wird es Sophia schwer fallen, morgen das Taxi zurück zu nehmen. Sie nimmt sich einen großen weißen Teller mit einem feinen blauen Rand und beginnt, darauf geräucherten Lachs und verschiedene Käsesorten zu arrangieren. Allein bei dem Gedanken an das Lachsbrötchen gleich läuft ihr das Wasser im Mund zusammen.

Vollgefuttert und versunken in den Roman, den sie an ihrem Einzeltisch begonnen hat, erhebt sich Sophia eine halbe Stunde später vom Frühstück und überlegt, was sie jetzt machen soll. Die Paare um sie herum haben es nicht eilig und auch die paar Leute, die wie sie allein sitzen, scheinen keinen Zeitdruck zu verspüren. Geschirr klimpert und leise Unterhaltungen, die nie abzubrechen scheinen, untermalen das Geschehen. Als würde die Zeit stehen. Oder besser: Als hätten gerade alle kollektiv realisiert, dass genügend Zeit da ist. Sophia verlässt den Raum langsam, versucht, die Atmopshäre in sich aufzunehmen und nicht mehr los zu lassen. Im Eingangsraum angekommen, will sie bereits die erste Stufe der Treppe nach oben nehmen, als ein lautes Geräusch sie aus ihrer Trance holt.

Mindestens acht große Holzscheite liegen direkt vor der Tür zu dem kleinen Salon, in dem gestern bei der Ankunft das Feuer brannte. Der Träger schimpft leise vor sich hin, während er die heruntergefallenen Teile wieder aufsammelt und in den Salon bringt. Sophia verweilt einen Moment vor einer großen Karte der Umgebung und wartet, bis der Mann den Salon wieder verlassen hat. Dann setzt sie einen Fuß auf den weichen Teppich im Salon und weiß intuitiv, dass sie hier den Rest des heiligen Abends verbringen wird. Die Wände sind im Gegensatz zum restlichen Haus mit viel dunklerem Holz vertäfelt und strahlen die Wärme, die jetzt vom frisch entzündeten Feuer ausgeht, in den Raum zurück. Mehrere flaschengrüne Samtgarnituren stehen vermeintlich chaotisch angeordnet im Raum. Sophia setzt sich auf einen der Sessel und atmet den Geruch des Feuers ein. Hier ist es viel stiller, als im Frühstückssaal, nur das Knacken des Holzes aus dem Kamin ist zu hören. Noch fröstelt es Sophia. Sie schlingt ihre Strickjacke etwas dichter um ihren Oberkörper. Auf einer Anrichte direkt neben der Tür entdeckt sie eine Teestation: Mehrere Teesorten stehen hier zur Auswahl. Sophia nimmt eine kleine weiße Teekanne mit feinem blauen Rand und eine passende Tasse dazu und füllt die Kanne mit einem Ingwertee. Der Hals ist immer noch etwas angeschlagen nach ihrem Eisspaziergang am gestrigen Nachmittag.

Zurück auf ihrem Sessel vertieft sie sich in ihr Buch und hebt den Blick nur, wenn sie sich etwas frischen Tee in die Kanne gießt. Der kleine Tisch vor ihr ist mit einer roten Tischdecke gedeckt, in die winzige goldene Sterne gestickt sind. Auch in diesem Raum riecht es nach getrockneten Orangen und Zimt. Sophia weiß nicht, wie viel Zeit vergangen ist, aber irgendwann versiegt der Teetraum und die Kanne ist geleert. Sie beschließt, wenigstens noch das aktuelle Kapitel zu beenden und senkt den Blick wieder. Plötzlich bemerkt sie im Augenwinkel, wie jemand ihre Teekanne gegen eine dampfende neue austauscht. Das ist mal guter Service.

„Danke", murmelt sie gedankenverloren und ohne den Blick aus ihrem Buch zu heben.

„Nichts zu danken", antwortet jemand in perfektem Deutsch. Es dauert einen Moment, bis Sophias Gehirn diese

Information verarbeitet hat. Dann hebt sie doch den Kopf und sieht, wie in der Sitzgruppe neben ihr ein junger Mann, etwa in ihrem Alter, höflich lächelt und sich ebenfalls eine Tasse Tee einschenkt. Sophia tut es ihm nun gleich. Er nickt kurz und widmet sich dann seinem Buch. Sophia versucht, sich wieder auf die Buchstaben auf ihrem Schoß zu konzentrieren, hat dabei aber Schwierigkeiten. Der Plan, die Augen weiter nach unten zu richten und trotzdem noch einen Blick auf den Mann zu werfen, ist hoffnungslos. Er liest ein deutsches Buch. Wahrscheinlich also auch ein Deutscher. Tiefschwarze Haare zieren sein Haupt. Er trägt einen grünen Kapuzenpulli, der auf dem Sessel fast wie ein Tarnanzug wirkt. Er hebt den Kopf minimal und Sophia bemüht sich, wegzugucken, aber ihre Blicke treffen sich. Sie muss schmunzeln. Er auch.

„Da bist du ja, ich hab dich schon gesucht", sagt Inga in Zimmerlautstärke, während sie den Salon betritt. Sophia zuckt zusammen. Sie legt den Finger vor die Lippen und weist auf eines der Hinweisschilder hin, die überall angebracht sind. ‚Silence please.' Inga zieht die Schultern nach oben und formt mit den Lippen ein „Oh". Dann grinst sie übertrieben. Sophias persönlicher Elefant im Porzellanladen. Egal welches Fettnäpfchen, Inga hat es schon immer mitgenommen.

Sophia klappt ihr Buch zusammen und lächelt dem Mann vom Sessel nebenan beim Hinausgehen nochmal zu. Er lächelt zurück und nickt wieder.

„Wie spät ist es denn eigentlich?", fragt Sophia.

Inga guckt auf ihre Armbanduhr. „Kurz nach elf."

„Hast du überhaupt schon gefrühstückt?"

„Was denkst du denn, natürlich. Ich hatte nen Bärenhunger und dachte, du wärst vielleicht wieder drauße. Nach dem Frühstück bin ich dann hoch und wollte mir auch warme Sachen anziehen, dich anrufen und draußen treffen. Aber hier unten haben die mich gar nicht erst rausgelassen."

Sophia stutzt. „Warum denn nicht?", fragt sie.

„Hast du das noch gar nicht mitbekommen? Wir sind wohl eingeschneit." Inga lacht. „Also man darf schon aus dem Hotel raus gehen, wird aber dringend gebeten, nicht das Grundstück zu verlassen. Auf der Straße hierher müssen über Nacht mehrere Bäume unter der Schneelast zusammengebrochen sein und die örtliche Feuerwehr kommt offenbar nicht mit dem Räumen hinterher. Wichtiger ist aber anscheinend, dass die Bäume im Wald einmal gecheckt werden müssen, ob noch mehr einsturzgefährdet sind. Deshalb soll man nicht raus gehen."

Sophias Magen knurrt, während sie die Treppe hinauf zum Zimmer in Angriff nehmen. Ihr Frühstück ist schon einige Stunden her.

Inga deutet auf den grummelnden Bauch: „Keine Sorge, bei mir ist noch Platz fürs Mittagessen gleich."

Sophia lacht. Natürlich ist noch Platz.

„Und jetzt? Können wir morgen so überhaupt zurück fahren?", fragt sie Inga.

Inga hebt die Schultern. „Vorhin konnten die mir noch gar nichts sagen. Aber der Direktor war sehr freundlich und meinte, es sei kein Problem, das Zimmer auch noch bis Neujahr zu verlängern, wenn wir nicht abreisen können. Ich hab ehrlich gesagt wenig Hoffnung." Sie hebt nochmal beide Hände, bevor sie mit der Schlüsselkarte die Hotelzimmertür öffnet. „Gibt aber ja schlimmere Orte, um eingeschneit zu sein. Solange wir es warm und trocken haben und die Nahrungszufuhr nicht abbricht, bin ich glücklich", fügt sie grinsend hinzu und lässt sich auf das frisch gemachte Bett fallen.

Sophia nickt und stimmt zu. So schlimm wäre das Szenario wirklich nicht. Durch ihr neues Gehalt könnte sie sich die Verlängerung sogar leisten. Sie setzt sich auf einen der Sessel am Fenster und wird das Gefühl nicht los, dass sich in diesem Urlaub die Puzzlestücke ihres Lebens zu einem wunderschönen Gemälde zusammensetzen werden.

„Fröhliche Weihnachten übrigens." Sie lächelt Inga an.

„Fröhliche Weihnachten Süße!" Inga streckt ihre Hand aus und für einen Moment sitzen die beiden einfach nur da und genießen.

WERTSCHÄTZUNG 2.0

„Yes, thank you", Inga legt den Hörer zurück auf das Telefon
neben dem Bett. „Hotel bis Neujahr verlängert." Sie grinst.
Sophia tut es ihr gleich und blättert in der Broschüre des
Spa-Bereichs. Jetzt hat sie definitiv genügend Zeit, um sich
auch etwas verwöhnen zu lassen.

Den Nachmittag verbringen die Freundinnen in den
Saunen, die heute wesentlich besser besucht sind, als
gestern noch. Die Gäste halten sich offenbar an die Bitte des
Hotels, das Gelände aus Sicherheitsgründen nicht zu
verlassen. Der Schneefall hat mittlerweile aufgehört, aber in
der Nacht soll noch eine weitere Schneefront kommen, die
die Situation verschärfen könnte. Sophia spürt einen
seltsamen Frieden, wenn sie daran denkt: Obwohl sie der
Situation ausgeliefert ist, ist sie dankbar, hier zu sein.

Kurz vor dem Abendessen schminken sich Sophia und Inga
in ihrem Zimmer für das Festessen im großen Saal. Sophia
fragt sich immer noch, wie in ein schwedisches Blockhaus

ein Saal passen soll. Auf den Bildern der Hotelbroschüre sieht der Saal aus wie ein alter Stall, der zu einer Art Lichtermeer umgebaut wurde. Sophia legt etwas glitzernden Lidschatten zur Feier des Tages auf und zieht dann ihr mitgebrachtes Cocktailkleid an. Hoffentlich ist unten gut geheizt, sonst wird sie in dem schwarzen Spitzenkleid schnell frieren.

„Wow, du siehst richtig toll aus." Inga steht in der Tür vom Badezimmer und blickt Sophia im großen Zimmerspiegel in die Augen. „Das steht dir echt gut. Neu?"

„Ja, hab ich mir extra hierfür gekauft. Ist es zu übertrieben?", fragt Sophia.

„Ich finde nicht. Aber ich fühle mich neben dir jetzt hässlich." Inga schaut an ihrem grünen Hängerchen aus Samtstoff herab. „Bei dir sieht man Kurven, bei mir sieht es so aus, als wolle ich eine ungewollte Schwangerschaft verbergen." Sie lacht.

„Achso, willst du nicht? Dann willst du es jetzt doch behalten? Ich hab mich schon die ganze Zeit gewundert...", antwortet Sophia und grinst Inga an.

„Na warte", gibt diese zurück, während sie eines der Kissen vom Bett nimmt und nach Sophia wirft. Ohne weitere Gedanken an die Garderobe, geschweige denn die Hochsteckfrisuren, beginnen die beiden eine Kissenschlacht, als wären sie wieder neun Jahre alt. Bilder aus Sophias Kinderzimmer tauchen auf. Inga, die sich prustend aufs Bett fallen lässt und mehr als nur theatralisch ihren Sieg verkündet. Sophia lacht und vergisst alles um sich herum.

Immer noch außer Atem folgen die beiden etwas später einem beleuchteten Gang im Erdgeschoss, der tiefer in das Gebäude führt. An der Wand sind Kerzenständer angebracht, an denen neben einer roten Stabkerze jeweils

Tannenzweige und -zapfen befestigt sind. Die Kerzen bewegen sich im Takt der Gäste, die den Gang entlang gehen, hin und her. Ihr Flackern wirft Schatten auf die ansonsten schlichten Wände. Am Ende des Ganges erwarten zwei in Frack gekleidete Kellner die Gäste. Einer der beiden fragt nach der Zimmernummer und der andere geleitet die Gäste dann zu den zugewiesenen Tischen. Der erste Kellner erklärt, es gäbe an diesem Abend Zehnertafeln. Die Gäste würden daher platziert und man hoffe auf anregende Tischgespräche.

Sophia nickt und lächelt. Vollkommen egal, wo sie sitzt. Noch im Türrahmen bleibt ihr Mund offen stehen. Die Broschüre hat nicht übertrieben. Dieser Saal ist das reinste Lichtermeer. Dazu kommt noch ein hoher Weihnachtsbaum in einer Ecke des Saals, der ausschließlich in Gold geschmückt ist. Die Tischtücher sind weiß. Auf ihnen liegt jeweils ein gold schimmernder Läufer. Die weißen Teller haben hier anstatt einer blauen, eine goldene Linie. Sophia fühlt sich wie in einem schwedischen Märchen aus Tausend und einer Nacht.

An dem ihnen zugewiesenen Tisch sitzt bereits ein älteres Ehepaar. Der Ehemann hat eine Hand in die beiden Hände der Frau gelegt, die dessen Finger streichelt. Unwillkürlich muss Sophia schmunzeln: Sich bis in das hohe Alter zärtliche Gesten für einander aufzubewahren, ist eine wunderbare Vorstellung. Während sie sich auf ihren Platz setzt, der durch ein Tischkärtchen mit ihrem Vornamen gekennzeichnet ist, schielt sie auf den Namen ihres Nachbarn. Noch ist der Platz nicht besetzt. „Simon" steht auf der Karte neben seinen Weingläsern.

Inga studiert bereits das Menü und gibt dem Kellner ein Zeichen, nun den Wein bestellen zu wollen. Während die beiden ihre Bestellung aufgeben, füllt sich der Saal allmählich. Sophia stellt erleichtert fest, dass ihre Garderobe absolut angemessen ist. Auch wenn ihre Hochsteckfrisur nach der Kissenschlacht nicht mehr ganz so perfekt sitzt, wie zuvor. Besonders vorn fallen die kurzen Strähnen aus ihrem Bob heraus und rahmen ihr Gesicht leicht gelockt ein. Sie bemerkte es erst beim Hinausgehen und beschloss, dass ein bisschen Auflockerung ihrem Look vielleicht sogar ganz gut tut.

Neben ihr zieht jemand den Stuhl nach hinten und setzt sich. Er lächelt sie an.

„Trinkst du heute Abend auch Wein, oder soll ich dir von oben noch einen frischen Ingwertee holen?", Simon grinst sie an und zwinkert. Während Sophia der Mund für einen Augenblick offen stehen bleibt, rückt er seine Fliege zurecht und fügt hinzu: „Freut mich, dich auch außerhalb des Ruhebereichs zu sehen. Ich bin"

„Simon", beendet sie seinen Satz. „Steht auf der Karte", erklärt sie, während sie auf seinen Namen zeigt.

„Punkt für dich. Also? Tee oder Wein?"

„Auf jeden Fall Wein. Darf ich dir meine beste Freundin vorstellen?", sie dreht sich zur Seite und stubst Inga an, die immer noch mit der Menükarte beschäftigt tut. „Das ist Inga." Inga lächelt.

„Hi Inga, ich bin Simon. Wo kommt ihr beide denn her?", fragt er und lehnt sich etwas zur Seite, damit der Kellner ihm ein Glas Wein einschenken kann.

„Aus Hamburg", erklärt Inga. „Ich hab für uns ganz kurzfristig diese Reise hier gewonnen."

Simon lacht. „Witzig, ich bin auch nur hier, weil mich ein Freund auf die Liste bei der Zeitung hat setzen lassen. Sollte ein Scherz sein. Aber ich dachte, ein bisschen nordische Frische ist im Gegensatz zum hanseatischen Dauerregen zu

Weihnachten mal eine nette Abwechslung. Wer hätte denn ahnen können, dass wir gleich einschneien?"

Inga und Sophia lachen. Die drei prosten sich zu. Was für ein seltsamer Zufall, dass Simon auch aus Hamburg kommt. Sophia realisiert in diesem Augenblick, dass das Hotel ja voll sein muss von Hamburgern, die genau diese Reise gewonnen haben. Bisher hatte sie darüber überhaupt nicht nachgedacht. Sie streicht sich die Strähnen hinter die Ohren, die sich hartnäckig den Weg zurück zu ihren Wangenknochen bahnen. Hauptsache, der Abend wird angenehm.

Am nächsten Morgen steht Sophia erneut vor Inga auf. Während sie sich aufsetzt, pocht es hinter ihren Schläfen. Als würde der Wein nochmals von innen anklopfen und Bescheid geben, dass er noch da ist. Sophia steht auf und ärgert sich über diese freundliche Erinnerung. Im Zimmer ist es noch sehr dunkel. Die schweren Vorhänge liegen auf dem Boden und lassen nur wenig Licht herein. Um Inga nicht zu wecken, öffnet Sophia einen der beiden Vorhänge nur einen Spalt breit. Das Licht fällt auf einen der Sessel vor dem Fenster: Darauf die beiden Cocktailkleider und die feinen Handtaschen des gestrigen Abends. Dann fällt Sophias Blick auf die Fensterscheibe, die etwa zu einem Drittel schwarz bleibt. Der Schnee hat über Nacht nochmal so sehr nachgelegt, dass er jetzt mindestens 40 cm hoch auch auf ihrem Balkon liegt und sich an der Scheibe zu einer dichten Wand versammelt hat. Egal wie, heute hätten sie sicher ohnehin nicht abreisen können. Sophia lächelt bei dem Gedanken. Manche Zufälle wirken so geplant: Vielleicht sind es eher Zeichen.

Sie putzt sich die Zähne und legt danach eine dünne Schicht Lidschatten und Wimperntusche auf. ‚Immerhin ist

Weihnachten', rechtfertigt sie ihr für den Urlaub untypisches Verhalten vor sich. Sie schleicht auf Zehenspitzen mit der Zimmerkarte, einer dicken Strickjacke und ihrem Roman aus dem Zimmer.

Im Frühstücksaal ist es noch ruhiger als am Vortag. Auch hier liegt eine hohe Schneedecke vor den Fenstern. Sophia erkundigt sich bei Anna nach dem aktuellen Stand der Dinge und erfährt, dass die Straße zum Hotel unpassierbar ist und die Gäste alle bleiben müssen. Anna erklärt erleichtert, in der Küche sei man froh, schon vor den Feiertagen alle Vorräte aufgestockt zu haben. Wahrscheinlich könne man erst Silvester wieder mit einer Lieferung rechnen.

Sophia schlägt ihr Buch auf und genießt ihren Kaffee, der zwar nicht das graue Wetter vor dem Fenster vertreibt, aber zumindest dem Weinkater die Stirn bietet. Immer wieder hebt sie den Blick von den Seiten und sieht sich im Frühstücksraum um. Außer ihr sind maximal 10 Gäste anwesend. Die Stille legt sich in ihre Ohren. Unterhaltungen kann sie nicht wahrnehmen. Die Gesichter starren sich gegenseitig an oder in die Luft. Hier und da verzerrt jemand das Gesicht beim Gähnen. Sophia gähnt nicht. In ihren Schuhen wippen die großen Zehen auf und ab. ,Ich hoffe, wir sehen uns morgen früh wieder', hatte er zum Abschied gesagt. Ein Lächeln und ein Luftkuss, für mehr war keine Zeit übrig in der Eingangshalle. In der Ecke, hinter dem Weihnachtsbaum mit den Geschenkattrappen. Inga kam um die Ecke und rief nach ihr. ,Mhm?', fragte Sophia mit einer aufgesetzten Unschuldsmiene. Inga schien gar nichts zu bemerken. Ihre Weingläser waren noch voller, als Sophias.

Sie trinkt den letzten Schluck des kalt gewordenen Kaffees und schüttelt sich kurz. Kalter Kaffee war noch nie ihr Ding. Sie steht auf und nimmt ihr Buch mit aus dem Saal.

Im Eingangsbereich biegt sie sofort in den Ruhesalon ab. Das Feuer im Kamin brennt bereits. Sie setzt sich wieder auf den Sessel von gestern, nachdem sie sich eine Kanne Tee bereitet hat.

„Ich dachte, ich mache das heute morgen für dich. Aber du bist echt früh wach." Simon steht plötzlich neben ihr und grinst sie an.

„Schon immer. Der frühe Vogel und so. Außerdem kann ich mit Kopfschmerzen nicht schlafen und musste was essen."

„Verstehe ich gut. Die waren aber auch echt großzügig mit dem Wein gestern." Er lässt sich auf einen nahestehenden Sessel fallen. Trotzdem sitzen die beiden mindestens zwei Meter auseinander. „Was liest du?", flüstert er nun. Sophia erinnert sich, dass in diesem Raum um Ruhe gebeten wird.

„Liebesroman, was ganz Kitschiges zum Abschalten. Und du?"

„Thriller. Spielt in einer eingeschneiten Waldhütte. Langsam kann ich deshalb nicht mehr schlafen." Er lacht. Sie schließt sich ihm an. Beide widmen sich ihren Büchern. Ihre Blicke treffen sich nur, wenn sie gerade beide Tee nachschenken oder trinken. Irgendwann bemerkt Sophia, dass Simon nicht mehr umblättert. Sie hatte das Geräusch des knisternden Papiers so als Hintergundrauschen abgespeichert, dass das plötzliche Fehlen sie aufblicken lässt.

„So angsteinflößend und einfach zu spannend?", fragt sie ihn, während sie auf das geöffnete Buch auf seinem Schoß zeigt.

„Kann man so sagen", antwortet er und zögert einen Moment. „Sophia, gestern Abend war wirklich schön mit dir."

Sie blickt ihm in die Augen. Er verzieht keine Miene. Das lange Gespräch über Alles und Nichts taucht wieder auf. Gleich da vorn vor dem flackernden Kaminfeuer. Eingehüllt in eine dicke Decke. Gegen die Kälte, die immer wieder aus dem Eingangsbereich an ihre Rücken drang. Unterbrochen nur von den Geräuschen der Mitarbeiter, die draußen versuchten, dem Schnee Einhalt zu gebieten. Im Salon nur die beiden. Zwei Stunden ohne Nachzudenken. Ein Gespräch, dass Sophia so beflügelt und inspiriert hat, dass es sie vom Schlafen abhielt. Keine Anzüglichkeiten. Nicht einmal Annäherungsversuche. Nur zwei Seelen, die beide aus Salzwasser und Küstenwind geformt wurden. Teilweise hatte Sophia das Gefühl, gemeinsam würden sie Orkanböen bilden und eine Naturgewalt darstellen. Intensiv und echt fühlte sich der Abend an. Zuhören und Reden zu gleichen Teilen. Übereinstimmungen und Auseinandersetzungen in reinster Form. Dieser schwarzhaarige Hamburger hat ihr mit nur einem tiefsinnigen Gespräch den Kopf verdreht und gezeigt, was Wertschätzung bedeutet.

„Mir hat der Abend auch sehr gut gefallen", flüstert sie leise und streicht mit einem Finger über die verheilte Stelle zwischen Daumen und Zeigefinger. Sie spürt ihr Herz schlagen. Simon steht auf. Er geht zur Anrichte und holt mehr Tee für beide. Als er die Kanne vor ihr abstellt, berührt er fast beiläufig ihr Knie.

„Frohe Weihnachten Sophia", er zieht die Hand wieder zurück und setzt sich zurück auf seinen Sessel. Mit Sicherheitsabstand. Sophia schmunzelt. Irgendwie süß.

Die nächsten fünf Tage spielen sie dieses Spiel. Jeden Morgen lesen sie nebeneinander ihre Bücher. Und während sich die Geschichten dem Ende nähern, versteht Sophia, dass sich auch diese Geschichte erledigt, sobald sie am

Neujahrstag in das Taxi zum Flughafen steigt. Inga weiß nicht einmal etwas davon. Die Langschläferin holt Sophia täglich nach dem Frühstück ab und die beiden genießen den Spa-Bereich des Hotels.

An einem Nachmittag stellt Inga fest: „Du siehst viel glücklicher aus, als noch vor ein paar Tagen. Du strahlst richtig. Sind das die Kosmetikanwendungen, oder fühlst du dich auch besser?"

„Ich fühle mich auch besser", antwortet Sophia während sie sich auf der Liege neben Inga lang ausstreckt. „Irgendwie im Einklang mit mir und so. Ich kann es nicht beschreiben." Und das kann sie wirklich nicht. Wie beschreibt man morgendliche Verabredungen zum Lesen und Tee trinken, bei denen nichts außer Lächeln und Teetassen getauscht werden? Wie beschreibt man das Gefühl, ohne Worte kommunizieren zu können und bei etwas angekommen zu sein, von dem man immer noch nicht weiß, ob und was es ist?

Am Silvestermorgen berichtet Anna beim Einschenken des morgendlichen Kaffees, die Straße sei nun passierbar und auch der Wanderweg wieder für Passanten freigegeben. Seit mehreren Tagen hat es nicht mehr geschneit und die Feuerwehr habe mit dem örtlichen Förster zusammen ganze Arbeit geleistet.

Im Salon steht Simon mit einem Mantel über dem Arm vor dem Kamin. „Schon gehört? Wir dürfen endlich wieder raus. Hast du Lust, einen Spaziergang zu machen?"

Sophia prüft ihre Armbanduhr. Inga schläft noch mindestens zwei, wenn nicht sogar drei Stunden. Sie nickt und geht leise nach oben, um ihren Mantel und ihre dicken Schuhe zu holen. Unten im Erdgeschoss wartet Simon bereits vor der Tür zur Veranda.

„Bereit für die Kälte?", fragt er und öffnet die Tür. Nachdem sie auch die zweite Tür passiert haben, kneift Sophia die Augen zusammen. Gleißend hell wirkt das Licht hier draußen nach so vielen Tagen in Innenräumen. Dann bemerkt sie, wie still es hier ist. Die Straße mag wieder befahrbar sein, genutzt hat das anscheinend noch niemand. Menschenleer liegen die Auffahrt, die Straße und der Beginn des Wanderwegs vor ihnen.

Am Bach tröpfelt etwas Schmelzwasser entlang moosbewachsener und mit Schnee überzogenen Steine hin zu der Brücke, auf der sie stehen. Die Brücke schwingt sich in einem Bogen über den ansonsten fast durchgehend gefrorenen Bachlauf. Sophia lehnt sich über das Geländer und bewundert das Glitzern des feinen Schmelzwasserstroms. Was für ein Jahresabschluss. Von den umliegenden Baumwipfeln schickt der Wind vereinzelnd Schneeflocken zu ihnen herüber. Sie legt den Kopf in den Nacken. Eine Schneeflocke setzt sich auf ihre Wange und schmilzt nur langsam. Sie spürt, wie er seine Hand auf ihre immer noch auf dem Geländer ruhende Hand legt.

„Sehen wir uns in Hamburg wieder?", fragt er leise. Sie kann sein Zögern hören. In ihr zieht sich etwas zusammen, das sich sofort wieder zu entspannen scheint.

„Ich weiß es noch nicht. Ich bin gerade endlich dabei, mit mir allein zurecht zu kommen. Dieses Jahr ist so viel passiert und ich bin bereit für einen Neuanfang. Ich hab nur das dringende Gefühl, dass ich den allein machen muss."

Er blickt nach vorn. „Wir können ja nur Freunde sein."

Sophia grinst. „Können wir das?"

Er grinst zurück, zieht die Nase Richtung Stirn und antwortet: „Dürfte zumindest schwierig werden." Er hat es gesagt. Sie weiß genau, was er meint. Mehr Worte braucht es manchmal nicht. Sie atmet die kühle Waldluft ein. Magisch. Anders kann sie die letzten so zufälligen Tage nicht zusammenfassen.

„Was hältst du von einem Deal?", fragt sie ihn. Er guckt sie von der Seite an und zieht die Augenbrauen hoch.

„Wir kennen nur unsere Vornamen und wissen, dass wir beide in Hamburg wohnen", beginnt sie. „Wir haben zwar viel miteinander philosophiert. Aber ansonsten haben wir eigentlich keine Daten ausgetauscht, wenn ich mich richtig erinnere, oder?" Er nickt. Sie fährt fort: „Wenn das, was wir gerade in diesem Moment fühlen, wirklich echt ist, finden wir bestimmt nochmal zueinander. Und wenn nicht, hatten wir einen wunderschönen Urlaub und können zurück in unser Leben kehren, ohne dass irgendetwas Nennenswertes passiert ist."

„Du willst es also dem Schicksal überlassen?", fragt er.

„Nenn' es wie du willst. Ich vertraue darauf, dass sich alles regeln wird." Sie blickt nach vorn und weiß jetzt, was sie hier in der schneeweißen Stille gefunden hat: Frieden mit sich und der Vergangenheit. Die Zukunft kommt sicher. In diesem Moment ist deren Planung aber nicht mehr notwendig. Simons Hand liegt immer noch auf ihrer. Wie eine Einheit liegen die beiden verbunden im Schnee. Vielleicht nicht zum letzten Mal.

Simon nimmt die andere Hand und führt sie an Sophias Gesicht. Er dreht ihren Kopf zu sich und sieht ihr nun direkt in die Augen. Sie spürt seinen Atem auf ihrem Gesicht. Er lächelt.

„Ich werde dich nicht vergessen", sagt er und lässt seine Hand wieder sinken.

„Ich dich auch nicht", flüstert Sophia so leise, dass sie nicht weiß, ob Simon sie überhaupt hören kann.

Schweigend gehen sie zurück zum Hotel. Jeder Schritt durch den Tiefschnee ist anstrengend. Sophia konzentriert sich darauf, nicht hinzufallen. Zwischendurch wechseln die beiden Blicke und grinsen sich an. Zurück im Hotel stehen sie sich einen winzigen Moment gegenüber und verharren in einer Schockstarre. Dann besinnt sich Sophia, lächelt und nimmt Simon kurz in den Arm.

„Wahrscheinlich sehen wir uns doch heute Abend sowieso nochmal, oder?", fragt sie ihn und löst die Umarmung wieder auf.

„Heute Abend?", fragt er zerstreut.

„Die Silvesterparty." Sophia zeigt auf das hinter der Rezeption angebrachte Plakat. Simon lacht auf.

„Natürlich. Sorry, ich war gerade im Kopf noch bei der Brücke."

„Alles gut, bis später!" Sophia dreht sich um und nimmt die Treppe hinauf zu ihrem Zimmer. Sie öffnet die Tür, zieht die Schuhe aus und lässt sich auf dem Bett neben Inga nieder, die ihre Schlafmaske über einem Auge hochklappt und mit deutlichen Schwierigkeiten das Auge dahinter öffnet.

„Hmmm?", grummelt sie.

„Ich muss dir dringend was erzählen", beginnt Sophia, die letzten Tage zusammen zu fassen.

„Willst du ihn denn wieder sehen?", fragt Inga, die eine halbe Stunde später kerzengerade im Schneidersitz im Bett sitzt. Ihre Schlafmaske hält ihre wuscheligen Haare noch im Zaun und ihre Decke liegt wie ein Mantel über ihren Schultern.

„Vielleicht. Schon. Aber ich hatte das Gefühl, dass es so irgendwie passender ist. Für mich. Ich war jetzt so lange in einer Beziehung und die letzten Tage habe ich überhaupt nicht mehr an Jesper gedacht. Dieser Zustand gefällt mir gerade sehr gut."

„Du kannst stolz auf dich sein." Inga legt eine Hand auf Sophias Rücken und lehnt ihren Kopf auf deren Schultern. „Es klingt so, als würdest du gerade zu der unabhängigen Sophia werden, die ich aus der Schule kannte. Die Sophia, die ihrem Date auf dem Abschlussball den Laufpass gegeben hat, weil er sich nicht benehmen konnte. Die Sophia, die sich nichts gefallen ließ. Ich freu mich, dass sie gerade zurück kehrt."

Sophia kullert eine Träne über die Wange. Im Raum ist es still. Sie spürt das Gewicht von Ingas Kopf auf ihrer Schulter und wie die beiden im gleichen Rhythmus ein- und wieder ausatmen. Ihre Gesichtszüge sind locker. Plötzlich fühlt sie sich, als habe sie gerade einen Marathon beendet und müsse nun nach dem Abklingen des Runner's High ganz dringend schlafen. Sie legt sich hin, während Inga aufsteht und ins Badezimmer geht. Sie starrt die Decke an und konzentriert sich auf ihren Herzschlag. Ruhig und regelmäßig schlägt der Muskel in ihrer Brust. Muss keine Sargnägel mehr in die Beziehungskiste nageln. Hat die Arbeit erledigt, die sie ihm zugemutet hat.

„Danke", flüstert Sophia in die Stille. Dann schläft sie ein.

NEUSTART 2.0

Zwei Rotkehlchen sitzen in dem kahlen Baum direkt vor Sophias Fenster. Die runden Bäuche bewegen sich im Takt der Äste, die sich der frischen hanseatischen Brise beugen müssen. Frühlingsboten im Januar, die etwas Farbe in das ansonsten graue Bild bringen. Als sie vor einer Woche aus dem Taxi gestiegen ist, fehlte ihr der dicke Schnee aus Schweden sofort. Hier hat sie nur der Asphalt begrüßt, der in seiner immerdunklen Gestalt wenig Abwechslung bietet. Auf der Straße begegnen Sophia nur noch eingepackte Gestalten in Mänteln und Regenjacken, deren Gesichter man kaum erkennen kann. Und trotzdem sitzen da nun diese zwei Rotkehlchen. Gemeinsam. Bunt. Vom Leben erzählend. Lust auf Neues vermittelnd.

Sie schließt die letzte Schublade in der Küche. Endlich sind alle notwendigen Sachen verstaut. Der Pizzabote kennt ihren Namen schon viel zu gut. Frisches und selbst gekochtes Essen steht weit oben auf der Liste der Neujahrsvorsätze. Jahrelang hatte sie nicht einmal versucht, sich etwas Neues vorzunehmen. ‚Hält man sich doch eh nicht dran‘, klingt immer noch Jespers Stimme in ihrem Ohr. Dieses Mal soll es anders sein. Keine großen Veränderungen, sondern große Vereinfachungen stehen auf ihrem Plan. Simpler Essen und simpler Leben. Auf sich hören und nicht auf andere. Gerade der letzte Punkt klingt so einfach. Sophia streicht mit den Fingern über den Kunstdruck auf Leinwand, der nun über dem kleinen Tisch im Essbereich steht. ‚This is your time – use it wise‘, steht darauf. Als sie den Druck gestern in dem kleinen Geschäft für Künstlerbedarf um die Ecke gesehen hat, legte sie unwillkürlich die Stirn in Falten. Der Satz ist vollkommen richtig und trotzdem hat sie diese Maxime weder bewusst erlernt noch danach gelebt. Die Klingel in dem Geschäft bimmelte laut und hell, als sie den warmen Verkaufsraum betrat. Der gebückte Verkäufer lächelte ihr freundlich vom Tresen her zu. Nicht nur der Druck landete in ihrem Einkaufskorb, sondern auch diverse Acrylfarben und passendes Papier. Wie ein Kind freut sie sich seitdem auf den Moment, in dem sie sich mit Inga die Zeit nehmen wird, die Farben auszupacken und auf das Papier zu bringen.

Sie betritt den Friseursalon anderthalb Stunden später und kneift die Augen zusammen. Die Neonleuchte direkt über dem Eingangstresen flackert. Die hellen Lichtstrahlen stören Sophia. Der Salon riecht nach Haarfärbemitteln, Shampoo und Haarspray. Aufgewirbelt und vermischt durch den Föhn, der im Hintergrund zu hören ist. In diesem Moment schaltet jemand über die Lautsprecher das Radio ein und der Föhn ist kaum noch zu hören.

„Hi, ich hab einen Termin bei Maria“, ruft Sophia über die Musik weg, während sie sich die Mütze vom Kopf nimmt und die Haare darunter kurz mit der anderen Hand glatt streicht.

Die junge Frau hinter dem Tresen, blickt in den Computer und fragt dann immer noch mit Blick auf den Bildschirm. „Sophia?"

„Ja genau." Sophia steht jetzt direkt vor dem Tresen. Ihren Mantel hat sie bereits an der Garderobe hinter sich aufgehängt.

„Ok, dann darfst du einmal mitkommen." Sophia wird in den hinteren Bereich des Salons geleitet. Vorbei an anderen – überwiegend weiblichen Kunden – führt der Weg durch den schlauchartig angeordneten Raum. Helle Wände mit viel Licht und dazu dunkle Holzmöbel erinnern Sophia jedes Mal an eine Mischung aus Zahnarztpraxis und Wellnessbereich in einem Hotel. Der Kompromiss zwischen einer guten Arbeitsumgebung für die handwerkenden Mitarbeiter und einem gemütlichen Ambiente für die Besucher des Salons ist mäßig gelungen. Sophia muss grinsen. Sie kennt Maria bereits aus der Schule und weiß genau, wie viel ihr an diesem Laden liegt. Das eigene Geschäft war immer ihr Traum. Nach und nach verwandelt sie diesen Salon in ihren Salon, auch wenn sie von der großen Vision zugegebenermaßen noch etwas entfernt ist.

„Sophiaaa, wie schön! Ein frohes neues Jahr!" Maria steht bereits mit einem weinroten Kittel über dem Arm, der farblich exakt zu ihren lange Strähnen passt, vor einem Frisierstuhl. Die ansonsten dunkelbraunen Haare sind heute hochtoupiert und erinnern Sophia stark an die Frisur von Amy Winehouse. Maria nimmt Sophia in den Arm, drückt einmal fest zu und entlässt sie dann auf den bereits für Sophia hinten in der Ecke vorbereiteten Stuhl. Die junge Frau von vorn verschwindet wieder an ihren Tresen. Im hinteren Bereich des Ladens ist die Musik nicht mehr so laut. Sophia setzt sich hin und stellt ihre Handtasche unter den kleinen Spiegeltisch vor ihr. Ein Glas Sekt steht bereit.

Daneben liegen drei Zeitschriften aufgefächert für die Lektüre bereit. Maria legt ihr einen Kittel um und beginnt mit einem Kamm, durch die blonden Haare ihres Bobs zu fahren.

„Was soll ich heute machen?", fragt sie.

„Wie immer, einfach nur Spitzen schneiden."

„Mit Waschen?"

„Das komplette Verwöhnprogramm bitte."

„Dein Wunsch sei mir Befehl." Maria kämmt weiter Sophias Haare aus, während Sophia den ersten Schluck Sekt die Kehle herunter spült. Maria legt den Kamm beiseite und legt ihre Hände auf Sophias Schultern. „Und? Was gibt es Neues? Du warst lange nicht hier und auch Weihnachten nicht zu Hause. Ich dachte, ich sehe dich und Inga wenigstens mal zwischen den Tagen im Bistro oder so."

„Wir waren gar nicht zu Hause. Wir waren ganz spontan in Schweden für die Weihnachtstage zu einem Wellnessurlaub und sind dann da eingeschneit." Sophia lacht und sieht Maria im Spiegel an. „Wir mussten dann bis Neujahr bleiben, bis die Wettersituation unter Kontrolle war."

„Oh krass, aber euch ist nichts passiert, oder?"

„Nein, nein. Alles super. Es war ehrlich gesagt sehr schön, raus zu kommen und so richtig abzuschalten. Hat sehr gut getan nach den letzten Wochen." Sophia dreht den Kopf einmal auf den Schultern, um die Nackenmuskulatur zu entspannen. Maria geleitet sie zu dem Waschtisch auf der gegenüberliegenden Seite des Raums. Sie nimmt seufzend Platz.

„So viel Stress bei der Arbeit?", fragt Maria und lässt das Wasser neben Sophias Kopf in den Abfluss rinnen, bis die Temperatur angenehm ist. „Sag Bescheid, wenn es zu heiß wird", fügt sie hinzu, bevor sie anfängt, Sophias Haare zu waschen. Sophia runzelt die Stirn und kneift die Augen zusammen.

„Zu heiß?", fragt Maria sofort.

„Nein, Wasser ist gut. Nein, ähm... Hast du das gar nicht mitbekommen?" Sophia öffnet die Augen wieder und versucht Maria anzusehen. Ein unpraktisches und unmögliches Unterfangen, wenn man bedenkt, dass sie dafür Augen in der Mitte ihres Schädels bräuchte.

„Was denn? Also nein, offensichtlich nicht", antwortet Maria.

„Ich habe mich Anfang Dezember von Jesper getrennt." Die Finger, die Sophias Kopf gerade noch in einem festen Takt massierten, bleiben stehen.

„Was?"

„Es ging einfach nicht mehr." Sophia zuckt mit den Schultern und stößt dabei an die Kante des Waschbeckens. Das harte Becken erinnert sie für einen Moment an die schwere Last, die jetzt nicht mehr auf ihren Schultern liegt. Sie atmet hörbar aus und versucht aktiv, ihr Gesicht zu entspannen. Maria setzt die Kopfmassage fort und schweigt einen Moment.

„Warte, aber ich hab doch kurz davor erst noch gehört, ihr hättet euch verlobt", bemerkt sie dann.

„War auch so. Ist wirklich eine lange Geschichte." Sophia überlegt, wie sie das Gespräch abkürzen kann. Unter ihrem Umhang findet ihre rechte Hand die Stelle zwischen linken Zeigefinger und Daumen und fängt an, zu kratzen. Es kostet Überwindung, wieder aufzuhören. Sophia hält sich stattdessen bewusst an der Lehne ihres Waschstuhls fest. „Unterm Strich war einfach nicht alles so toll, wie es vielleicht nach Außen gewirkt hat oder wie ich es erzählt habe. Aber es hat lange gedauert, bis ich das selber verstanden habe. Und dann war es am Ende einfach das Beste für mich."

„Oh Sophia, das tut mir leid."

„Muss es nicht. Ich bin ehrlich gesagt total erleichtert. Ich habe eine Nacht lang geweint und wirklich Angst gehabt, dass mir das jetzt den Boden unter den Füßen wegreißt. Aber am nächsten Morgen bin ich aufgestanden und der Boden war noch da. Seitdem wird es jeden Tag besser. Jedenfalls hat mir der Urlaub über die Feiertage dann nochmal wirklich gut getan." Sie entspannt ihre Hände auf den Lehnen wieder und atmet ruhig ein und aus. Simon taucht vor ihren Augen auf. Die Szene auf der Brücke. Der heimliche Kuss um Mitternacht beim Jahreswechsel. Unerwartet. Ohne Erwartungen. Nur der Moment, der zählte. Ein Lächeln und ein Winken zum Abschied. Die Entscheidung abgegeben. Aber ihre Entscheidung. Sie zuerst. Ihr Leben, nicht das der anderen.

Maria legt ein Handtuch um Sophias nasse und gewaschenen Haare. Sophia steht auf und setzt sich zurück an ihren eigentlichen Platz. Maria kommt mit ihrem kleinen Rollwagen an.

„Und wir wollen dann heute nichts besonders Aufregendes und Frisches machen vielleicht? Ist wirklich kein Klischee, dass Frauen nach einer Trennung häufig die Frisur wechseln", fügt sie hinzu. Sophia muss lachen.

„Also eigentlich mag ich meinen Bob. Ich kann mir gar nicht vorstellen, wie ich mit einer anderen Frisur aussähe."

„Wir könnten ja aus dem geraden Bob ein bisschen mehr rausholen und alles etwas auflockern. Und ich persönlich glaube auch, dass dir hellbraunes Haar extrem gut stehen würde." Maria sieht Sophia erwartungsvoll an, während sie das Handtuch von den Haaren wickelt und beginnt, die Strähnen Stück für Stück mit einer Bürste zu bearbeiten.

„Meinst du echt?" Sophia versucht, sich selbst mit dunkleren Haaren vorzustellen. Vielleicht hat Maria recht. Aber eigentlich braucht sie keine Typveränderung, um der Welt zu zeigen, dass sie jetzt jemand anderes ist. Innen drin weiß sie das schon, seit sie in das Taxi zurück aus Schweden gestiegen ist.

„Ich könnte dir mal kurz ne Perücke in der Farbe anhalten. Dann hast du einen Eindruck." Maria lächelt und verschwindet sofort. Mit nassen und halb durch gekämmten Haaren sitzt Sophia auf ihrem Platz und schüttelt lachend den Kopf, während sie sich mit der rechten Hand kurz die Augen zuhält. Die impulsive Maria. Die spontane Maria. Die Maria, die macht was sie will. Schon immer. Vielleicht ist Sophia hier genau richtig.

Zwei Minuten später steht Maria mit einer brünetten Perücke vor Sophia und hält sie über deren Kopf. Sophia gefällt der Anblick tatsächlich. Ein unerwartetes Kribbeln macht sich in ihrer Magengegend bemerkbar. Eine Manifestation des Neuanfangs.

„Ok, dann mach mal." Sophia nickt und lächelt Maria an. „Aber denk bitte dran: Ich muss damit immer noch in einer Kanzlei arbeiten können."

„Ich wollte dir jetzt keinen Irokesen schneiden", antwortet Maria und legt die Perücke auf den Rollwagen neben sich. Sophia zieht die Augenbrauen hoch und sucht im Spiegel den Blick ihrer alten Freundin.

„Mach dir keine Sorgen. Ein bisschen Pepp. Mehr nicht", fügt diese augenzwinkernd hinzu. Sophia greift nach dem Glas Sekt und trinkt einen kräftigen Schluck. Zwei Stunden später lächelt sie ein Gesicht an, das sie zwar kennt, ihr aber trotzdem neu erscheint. Eingerahmt von kürzeren Locken, die farblich an Vollmilchpralinen erinnern. Das Fremde wirkt seltsam vertraut. Sophia streicht sich mit den Händen

154

über die Spitzen, die in alle Richtungen abbiegen. Je nachdem, wo die Locken hinzeigen. Das letzte Mal hatte sie so kurze Haare als Fünfjährige. Sie steht auf und bemerkt, dass die Haare nun nicht mehr die Schultern berühren. Ganz frei liegen diese dar und können sich bewegen, ohne die Frisur zu zerstören. Keine Barrieren mehr, obwohl Haare doch so leicht sind, dass man sie vermeintlich gar nicht spüren kann. Sophia schluckt. Auch Kleinigkeiten können schwer wiegen, wenn sie sich summieren. Zusammenhalten und sich verbünden. Sophia begreift jetzt, warum man sich nach einer Trennung die Haare schneiden lässt. Zumindest versteht sie, warum sie es getan hat. Nicht nur die Manifestation eines Neuanfangs. Sondern das Abschneiden des zusätzlichen Ballast. Der Längen und Spitzen, die in der Beziehung gewachsen sind und das Gewicht auf den Schultern verstärkt haben.

Sie nimmt ihre Handtasche und drückt Maria. „Danke. Das sieht ganz toll aus."

„Das freut mich! Lass dir für den nächsten Termin nicht wieder so viel Zeit, dann können wir deine Locken richtig schön pflegen."

Sophia grinst über das ganze Gesicht. „Alles klar." Ein bisschen Selbstfürsorge steht ohnehin schon auf dem Neujahrsprogramm.

Beim Verlassen des Salons knüpft Sophia in der Tür noch die letzten Knöpfe ihres Mantels zu, bevor sie in die graue Kälte geht. Sie verzichtet trotzdem auf die Mütze und lässt ihre Locken in der kühlen Brise auf und ab wippen. Sie geht leichten Schrittes die Stufen vor dem Eingang herunter. Inga wartet bereits zwei Meter weiter und sieht von ihrem Handy hoch.

„Wow, du siehst toll aus. Richtig erwachsen und frisch irgendwie." Sie streicht Sophia über die Haare, während sie sich zur Begrüßung umarmen. „Hast du schon ein bestimmtes Ziel, was du gern hättest?", fragt sie dann und deutet auf die Shoppingmeile auf der gegenüberliegenden Straßenseite. Sophia schüttelt den Kopf. Nur das unbestimmte Gefühl, etwas Neues tragen zu wollen.

In einem der Schaufenster entdeckt sie einen rosa Kapuzenpulli, der sehr bequem aussieht. Das restliche Schaufenster ist winterlich kahl in dunklen und erdfarbenen Tönen dekoriert. Aber dieser Pulli erweckt ihre Aufmerksamkeit. Lange hat sie sich keine Sachen mehr gekauft, die nicht standesgemäß zu der Anwältin in Spe passen. Dabei trug sie früher mal sehr gern bequeme und funktionale Kleidung. Sie nickt kurz und fühlt Vorfreude in ihr aufsteigen. In ihr bahnt sich eine Rebellion den Weg und sie hat keinerlei Intention, die Rebellen namens Endorphine zu stoppen.

„Lass uns doch als erstes in den Laden an der Ecke da gehen", deutet sie zu dem Schaufenster. Inga sieht Sophia verwundert an und stupst sie in die Seite.

„Sicher?", fragt sie, während beide einen Schritt auf die Straße setzen.

„Mhm, immer mal wieder was Neues, oder?" Sophia grinst und sieht ihn dann urplötzlich hinter Ingas Kopf auftauchen.

Die Hupe ist laut. Doch zu spät. Die Kraft wirkt unmittelbar. Sie sieht, wie die Welt sich vor ihren Augen auf den Kopf stellt und dann quer zum Liegen kommt. Bevor es dunkel wird, sieht sie Inga, die plötzlich fliegen kann. Die Steine im Gesicht fühlen sich an wie Nadelstiche. Etwas Warmes rinnt über ihre Schläfen. Es bleibt dunkel.

„Jemand muss einen Krankenwagen rufen", hört sie es von weit weg flüstern.

WAHRHEITEN 2.0

Es piept laut und beständig. Eine Melodie, die Sophia hier und zeitgleich in diesem geborgenen Zustand hält. Wie ein Schlaflied. Helles Licht. Sie sieht an sich herunter. Sie ist nackt. Warum, weiß sie nicht genau. Die Wolke ist weich wie eine Decke. Sie umhüllt sie. Wärme flutet Sophias Körper. Etwas Festes zieht an ihrer Hand. Hält sie fest. Die Wolke bleibt stehen. Verharrt, wo sie ist. An ihr spürt sie einen neuen Stoff. Vielleicht hat die Wolke ein Kleid für sie genäht. Rosa. Wie Zuckerwatte. Sie lehnt sich zurück und lächelt. So ist es schön. Nur sie zählt. Der Moment, die Entspannung. Sie ist glücklich.

Woher kommt die Musik? Aus der gleichen Richtung, aus der ihre Hand festgehalten wird. Der ganze Arm hängt irgendwo unter der Wolke. Sie kann es nicht sehen. Es klingt alles dumpf durch die Schwaben aus Dampf und Federn und Luft und Masse. Trotzdem ein Schlaflied.

Sophia will mitsingen, will nach unten zu ihrer Hand sehen. Zu den Fesseln, die sie halten. Die weichen und warmen Fesseln. Nicht mehr fest, sondern knöcherig. Kein Schlaflied. Viel schneller. Rauschen, die rebellischen Endorphine, der Kapuzenpulli, der Laster.

Ihre Lider öffnen sich. Grelles Neonlicht empfängt sie. Sie blinzelt. Ihr Mund fühlt sich trocken an. Kopfschmerzen. Pochend. Die Augen schließen. Wieder öffnen. Kopfschmerzen. Die Hand in ihrer rechten Hand.

„Da bist du ja wieder", hört sie die Stimme ihrer Mutter von weit weg. „Ich sage kurz der Schwester Bescheid." Sophia liegt da und spürt, wie die warme Hand weggenommen wird. Die Wolke ist verschwunden. Sie tastet mit den Fingerspitzen raue Baumwolle. An ihrem linken Zeigefinger spürt sie einen Druck. Sie hebt die Hand ein Stück und sieht durch halb geöffnete Augen ein angeklemmtes Messgerät. Es piept hinter ihr. Durchgehend.

Die Tür öffnet sich. Ihre Mutter sitzt wieder am Bett. „Wie geht es dir?"

Sophia versucht, etwas zu sagen. Der Mund ist zu trocken.

„Macht nichts. Es wird alles gut. Die haben gesagt, es könne ein bisschen dauern, bis du wieder aufwachst und dass du dann erst Mal etwas neben dir stehst. Du sollst etwas trinken." Ihre Stimme klingt brüchig. Sophia sieht Tränen in den Augen ihrer Mutter. Diese nimmt ein Wasserglas mit einem Strohhalm drin und hält den Strohhalm an Sophias Mund. Die Lippen spannen, als Sophia sie voneinander trennt. Das Wasser ist kühl.

„Was? Was ist passiert?", flüstert sie.

„Du hattest direkt vor Marias Salon einen Unfall. Ein LKW hat dich angefahren. Der Fahrer sagte, ihr seid einfach auf die Straße gegangen." Ihre Mutter drückt ihre Hand. Ihr? War sie nicht allein? Inga taucht vor ihren Augen auf. Inga, die plötzlich fliegen konnte.

Die Tür öffnet sich wieder. Ein Mann in einem weißen Kittel betritt den Raum, zusammen mit einer Frau, die lächelt. Ein freundliches, fast bekanntes Gesicht.

„Frau Nissen, mein Name ist Doktor Mittelstedt, wissen Sie, wo sie sind?", er beugt sich über sie und leuchtet mit einer stiftförmigen Taschenlampe in ihre Augen.

„Krankenhaus", krächzt Sophia.

„Sehr gut", antwortet er und klopft auf ihren Gliedmaßen rum. „Und wissen Sie, was für einen Tag wir haben?"

„Dienstag?"

„Genau richtig. Sie hatten einen schweren Unfall. Aber Sie hatten auch sehr viel Glück. Außer einer schweren Gehirnerschütterung, einer Platzwunde am Kopf und einigen Schürfwunden ist Ihnen erstaunlich wenig passiert. Da haben ihre Schutzengel allerlei Arbeit geleistet."

Sophia nickt und versucht, die Informationen zu verarbeiten. Der LKW. Nicht gesehen und nicht gehört. Der Kapuzenpulli, der so bequem aussah. Die neue Frisur. Stück für Stück kommt alles zurück. Inga.

„Wir geben Ihnen Schmerzmittel gegen die Kopfschmerzen und Sie werden eine Weile hier bleiben müssen, damit wir neurologische Ausfälle ausschließen können. Ansonsten bin ich aber zuversichtlich, dass Sie wieder ganz fit werden."

„Danke", flüstert Sophia. Sie wartet, bis der Arzt und die Schwester den Raum verlassen haben. „Wo ist Inga?", fragt sie ihre Mutter.

Ihr Mutter drückt die Hand auf dem Bettlaken so fest zu, dass es sich anfühlt, als wolle sie die Knochen neu sortieren.

„Oh Schätzchen, es tut mir so leid."

Es wird ganz still in Sophias Kopf. Nur die Melodie der Geräte hinter ihrem Kopf klingt weiter. Sophia schluckt.

„Mama, was ist mit Inga?" Sie kennt die Antwort bereits. Inga, die links von ihr auf die Straße ging. Inga, die sie im Gespräch angesehen hat. Inga, die fliegen konnte.

„Meine Süße, Inga hatte nicht so viel Glück. Sie ist im Krankenwagen gestorben."

Der Schrei klingt unwirklich. Kratzend, stumm, erstickt. Sie erstickt. Keine Luft mehr. Die Lungen haben keine Chance. Die Geräte piepen schneller.

„Sophia, bitte beruhige dich, du darfst dich nicht aufregen." Die Stimme ihrer Mutter klingt weit weg in ihren Ohren.

Sie spürt heiße Tränen aus ihren Augen quellen. Verzweiflung. Hilflosigkeit. Wut. ‚Nehmt mich, meine Schuld. Ich wollte Shoppen gehen', schießt es ihr durch den Kopf. Inga steht an ihrem Bett. Blutüberströmt. Schwebt. Fliegt. Gliedmaßen, die nicht an Ort und Stelle sind. Die Hupe des LKWs. Sophia schüttelt den Kopf, reibt sich die Augen. Weint, ruft immer wieder „Nein!".

Sie zieht an ihren Haaren, spürt den Verband an ihrer Stirn sich lösen. Warme Flüssigkeit darunter. Sie haut mit den Fäusten auf die Bettdecke, vergräbt ihren pochenden Kopf so gut es geht darin. Schreit stimmlos.

Die Tür öffnet sich erneut. Das bekannte Gesicht der Schwester taucht wieder auf. Sie drückt sie zurück auf das Kissen. Der Arzt zieht eine Spritze auf.

„Frau Nissen, Sie müssen sich beruhigen. Wir geben Ihnen etwas, damit Sie noch eine Weile schlafen können." Die Flüssigkeit im Arm brennt und ist zeitgleich kühl. Sophias Arme und Beine entspannen sich etwas. Die Schwester mit dem Namensschild von Karla nimmt den Verband von ihrer Stirn und legt einen Neuen an. Sophias Mutter steht neben dem Bett und weint. Dann verschwindet ihre Mutter zusammen mit dem Arzt, der seltsam bekannten

Karla und den Geräten in der Wolke. Leicht und warm. Geborgen.

Am nächsten Morgen erwacht Sophia in dem Krankenhausbett, während jemand die Vorhänge ihres Fensters zur Seite schiebt. Sonnenstrahlen finden ihren Weg in ihre Augen. Einen Moment lächelt Sophia. Dann erinnert sie der pochende Schmerz in ihrem Kopf an den Grund, warum sie in diesem fremden Bett liegt. Die Schwester von gestern dreht sich zu ihr.

„Dachte ich mir doch, dass du bei etwas mehr Licht aufwachst."

„Karla?", Sophia erkennt Samuels Freundin nun eindeutig. Gestern konnte sie offensichtlich keinen klaren Gedanken fassen.

„Ja genau. Ich hab meine Schichten gewechselt. So hast du wenigstens ein bekanntes Gesicht bei dir. Deine Mutter kommt später auch wieder. Die Besuchszeiten beginnen aber erst um 10:00 Uhr hier auf der Intensivstation." Während sie Sophia erklärt, dass sie wahrscheinlich schon in zwei, drei Tagen auf die Normalstation verlegt würde, prüft Karla die piependen Geräte hinter Sophia und hilft ihr dabei, etwas Wasser mit einem Strohhalm zu trinken. Stumm erträgt Sophia die Prozedur. Karla bleibt noch einen Moment neben ihrem Bett stehen und legt eine Hand auf Sophias Oberarm.

„Es tut mir wirklich Leid mit Inga", sagt sie ganz leise.

Sophia nickt. Tränen sammeln sich wieder in ihren Augen. Inga taucht auf. Fliegend.

„Ich lass dich mal allein, klingel, wenn irgendetwas ist." Karla gibt Sophia eine Fernbedienung in die Hand auf der ein roter Knopf mit einer Pflegekraft darauf leuchtet. Die Tür schließt sich und es ist still. Am liebsten würde sie das

Piepen hinter sich anschreien, es solle nicht so einen Lärm machen. Gedanken krachen über ihr zusammen. Kollidieren wie zwei Luftzeuge in der Luft, deren Flugbahnen falsch berechnet wurden und zersplittern in tausend Fragmente, die sich nun zu Wörtern, Fetzen und Sätzen in ihrem Gehirn einfinden. Zusammenhanglos und unsortiert. Voller Kopf und trotzdem leer.

Ihre beste Freundin. Schon immer. Für immer. Mit einem Nasenkuss beschworen. Es war abgemacht. Wieso hat Inga sich nicht an die Abmachung gehalten? Wieso hat Sophia diese Abmachung zum Shoppen ausgemacht? Warum passiert das gerade?

Fragen in ihrem Kopf, die dieser seinerseits nicht zu beantworten bereit ist. Sie versucht, die Augen zu schließen. An der Tür klopft es. Ein Essenstablett wird vor ihr bereit gestellt.

„Trinken Sie Kaffee oder Tee?", fragt die Dame, die das Frühstück gebracht hat.

„Kaffee", antwortet Sophia. Das Sprechen fällt ihr noch immer schwer. Der Mund ist zwar nicht mehr trocken, aber es fühlt sich an, als hätte sich um ihren Hals eine enge Kordel gelegt, die mit jedem Wort fester wird. Vor ihr wird eine dampfende Tasse Kaffee abgestellt. Der Geruch zieht in ihre Nase. Etwas in ihr regt sich. Mit ihrer rechten Hand nimmt sie die Tasse und führt sie an den Mund.

„So ist es gut", erklärt die Servicekraft und fügt hinzu: „Lassen Sie es sich schmecken. Ich hole später alles wieder ab." Sie lächelt zum Abschied und schließt dann die Tür. Die Schluckgeräusche in Sophias Hals sind laut. Aber sie lockern die Kordel etwas. Die Hand mit der warmen Tasse darin wird schwer, aber die Wärme breitet sich langsam in ihrem Arm aus. Sie hebt mit der anderen Hand, an deren Zeigefinger immer noch die Klemme befestigt ist, die Decke hoch. Sie trägt ein OP-Hemd. Offensichtlich hat sie jemand ausgezogen. Neben sich entdeckt sie einen halb geöffneten Schrank. Sie erkennt auf dem Schrankboden eine Reisetasche aus Kindertagen. Wahrscheinlich hat ihre Mutter das Nötigste direkt von zu Hause aus mitgenommen. Es ist Sophia egal. Sie lässt die Decke wieder fallen und beginnt, ein Brötchen mit Marmelade zu beschmieren. Eine nutzlose Tätigkeit. Sinnlos, stupide und schwer. Alles ist ab jetzt schwer. Schwerer als vorher. Schwerer als ohnehin schon. Schwerer als mit Inga.

„Wie geht es dir heute?", begrüßt Karla sie, während sie den nun bekannten Tanz rund um Ingas Bett vollführt. Seit zwei Tagen liegt Sophia in diesem Bett und hat kaum vier Sätze gesprochen.

„Die Kopfschmerzen sind fast weg." Sophia zuckt mit den Achseln. Während Karla den Verband von ihrem Kopf abnimmt und diesen gegen ein großes Pflaster tauscht, realisiert Sophia zum ersten Mal etwas Seltsames. Irgendetwas passt hier nicht.

„Sag mal, machen alle Medizinstudenten Schichten im Krankenhaus?", fragt sie Karla.

Karla lächelt. „Ich hab mich schon gefragt, wann dir das auffällt." Sie legt die Schale mit dem alten Verbandsmaterial auf einen kleinen Wagen, der alles Notwendige für die Pflegerunde bereit hält. „Nein, Medizinstudenten machen das eigentlich nur während regulärer Praktika. Ausgebildete Krankenschwestern hingegen, leben genau von diesen Schichten."

Sophia sieht Karla an. „Aber?"

„Aber Samuel hat euch gegenüber immer damit geprahlt, wie toll ich bin und dass ich mal eine hervorragende Ärztin werde? Mhm, dass ich eigentlich arbeite, seit dem ich 16 bin und ich an der Abendschule mein Abitur nachmache, damit ich irgendwann wirklich mal als Ärztin arbeiten kann, lässt er gern weg."

Sophia schüttelt den Kopf und spürt dabei wieder einen leichten Druck hinter den Schläfen. Sie kommt gerade nur schwer mit.

„Samuel ist, wie er ist. Er gibt gern an und ich hab mich dran gewöhnt. Manchmal nervt es mich. Aber wenn ich etwas sage, streiten wir uns und dafür fehlt mir nach einer langen Schicht auch ganz oft einfach die Kraft. Sophia, du hast dich wahrscheinlich nicht ohne Grund von Jesper getrennt. Als ich davon gehört habe, habe ich dich insgeheim bewundert. Das war echt mutig von dir. Jesper und Samuel sind sich sehr ähnlich. Die beiden prahlen gern mit ihren Statussymbolen. Und irgendwie gehören die Jobs ihrer Freundinnen wohl jeweils dazu."

Jesper. An ihn hat Sophia noch gar nicht gedacht, seit sie wieder aufgewacht ist. Sie denkt über Karlas Worte nach.

„Wenn es nur das gewesen wäre. Jesper war nicht gut für mich. Er hat mich oft manipuliert und ich habe es nicht kapiert. Nur Ing..." Ihre Stimme bricht, als sie den Namen ihrer besten Freundin aussprechen will. Ein Kloß bildet sich in ihrem Hals. Tränen rinnen unkontrolliert aus ihren Augen. Karla beugt sich zu ihr und nimmt sie in den Arm. Eine Geste, die Sophia von der sonst so oberflächlich wirkenden Freundin Samuels gar nicht kennt.

„Ich bin für dich da. Ich weiß, du fühlst dich gerade allein und verlassen. Und Inga stand dir sehr nahe. Aber du wirst das schaffen. Auch ohne sie."

Sophia will aber gar nichts ohne Inga schaffen. Die Schluchzer lassen ihren Oberkörper beben. Sie greift nach den Taschentüchern auf ihrem Nachttisch.

„Ich weiß einfach nicht, was ich jetzt machen soll. Alles ist sinnlos." Sie legt die Hände vor die Augen und lässt sich in ihr Kissen zurücksinken. Karla zieht einen Stuhl an ihr Bett und setzt sich.

„Erstmal wirst du jetzt wieder ganz fit. Wahrscheinlich kannst du in den nächsten Tagen schon entlassen werden. Und dann nimmst du einen Tag nach dem anderen. Irgendwann erscheint dir nicht mehr alles sinnlos. Versprochen."

„Woher willst du das denn bitte wissen?", flüstert Sophia.

Karla lächelt kurz. „Wie gesagt, ich arbeite in diesem Beruf seit fast zehn Jahren. Da erlebt man viel Trauer, aber auch viel Mut und Hoffnung."

Sie steht auf, drückt Sophias Hand nochmal kurz und verschwindet dann in der Tür mitsamt ihres kleinen Rollwagens.

Sophia liegt immer noch versunken in ihrem Kissen und konzentriert sich auf die Geräusche der Station. Durch die Tür klingen Stimmen und Geklimper. Anscheinend wird demnächst das Frühstück serviert. In ihrem Bett fühlt sie sich schwer. Ihre Beine liegen ausgestreckt unter der Decke, fast als würden sie nicht mehr zu ihr gehören. Sie wackelt mit den Zehen und schwingt sich dann zur Seite raus. Einen Tag nach dem anderen. Sie weiß genau, dass ihr gar nichts anderes übrig bleibt. Wartend, bis ihr Kreislauf in Schwung kommt, sitzt sie auf der Bettkante und zieht ihr rotes Notizbuch aus der Schublade. Ihre Mutter hat das Büchlein extra aus ihrer Wohnung geholt, als sie darum gebeten hat.

‚Sinnlos. Alles wirkt so furchtbar sinnlos. Einen Tag nach dem anderen. Eine Stunde nach der nächsten. Eine Minute folgt auf eine Minute. Anders wird es nicht gehen.' Sie schreibt wirres Zeug ohne erkennbaren Zusammenhang. Sie kennt auch keine Zusammenhänge mehr. Alles scheint voneinander abgerissen und unsortiert wieder in viel zu kleine Schubladen gesteckt. Sophia seufzt und erhebt sich. Eine Minute nach der anderen. In dieser Minute wird sie ihre Zähne putzen und in der nächsten die Haare kämmen. So viel Zukunftsplanung traut sie sich gerade zu.

ZUKUNFTSPLÄNE 2.0

Die schwarze Kleidung auf ihrer Haut fühlt sich viel zu schick an für diesen Anlass. Sie sitzt – angezogen von ihrer Mutter – in der fünften Reihe des Kirchenschiffs und schafft es nicht, den Blick nach vorn zu richten. Flüsternd und murmelnd nimmt die Gemeinde Platz. Ein jeder bleibt für einen Moment auf der Höhe Sophias stehen und nickt dem Sarg im Altarraum zu. Sophia sieht nur die Schuhe der Personen. Schwarze Pumps, schwarze Anzugschuhe aus Leder. Ein Meer aus Schwarz. Ingas Eltern sitzen in der ersten Reihe. Als Sophia die Kirche betrat, zwang sie sich, bis in die erste Reihe zu gehen. Für Worte fehlte ihr die Kraft. Ingas Mutter nahm sie in den Arm. ‚Es war nicht deine Schuld‘, flüsterte sie in Sophias Ohr und drückte sie fest. Beide Frauen weinten stumm.

Matthias nimmt neben Sophia Platz und streicht über ihren Rücken. Sie sieht ihn mit immer noch gesenktem Kopf an. Seine Augen sind rot unterlaufen und die Haut darum rissig. Sie öffnet den Mund, bringt aber kein Wort heraus. Er rollt seine Lippen auch nur eng zusammen und schüttelt stumm den Kopf. Er drückt noch einmal Sophias Hand und steht dann wieder auf. Kurz bevor die Orgelmusik einsetzt, setzt er sich neben Ingas Eltern in die erste Reihe. Seine Schultern beben. Sophia kann den Anblick nicht ertragen und lässt den Blick wieder zum Boden sinken. Sie ist nicht die Einzige, die Inga verloren hat. Aber sie ist die Einzige, die sie hat fliegen sehen.

Wieder in ihrer Wohnung in Hamburg angekommen, zieht Sophia sofort den schwarzen Ballast aus. Als bräuchte sie Kleidung, um sich an alles zu erinnern. Im Badezimmerspiegel kontrolliert sie die verheilende Narbe auf ihrer Stirn. Erst zwei Wochen ist der Aufprall her, aber die Haut ist wieder verschlossen und es tritt kein Blut mehr aus den Nähten.

Sie bewegt sich an den kleinen Tisch im Essbereich und setzt sich. Mit den Händen wischt sie die dünne Staubschicht von der Tischplatte, die sich während ihrer Abwesenheit gesammelt hat. Sie sitzt da und wartet auf alles und nichts. Wartet darauf, dass die Minuten auf der Küchenuhr vergehen und sie ins Bett gehen kann. Ihre Finger spielen mit dem Sternenarmband, das sie heute morgen aus der Krankenhaustasche gefischt hat. Ihre Mutter meinte, so hätte sie doch vielleicht ein bisschen mehr das Gefühl, Inga sei noch bei ihr. Sobald Sophia die Sterne berührt, sieht sie Inga wieder durch die Luft wirbeln. Sie legt das Armband in das kleine rote Notizbuch.

Sophia musste ihrer Mutter versprechen, etwas zu essen. Sonst hätte sie noch länger in häuslicher Pflege bei ihren Eltern leben müssen. Sie geht zum Kühlschrank. Die frischen Lebensmittel von vor zwei Wochen sind teilweise verdorben. Aber für einen Snack reicht der Inhalt. Sie setzt sich erneut, kaut mechanisch und hört dem Wind an der Fensterscheibe zu. Stürmisch ist es draußen, während hier drin bei ihr alles verlangsamt scheint. Einen Tag nach dem anderen. Sie geht am späten Nachmittag ins Bett und zieht die Daunendecke über ihr Gesicht. Sie kann nicht mehr weinen. Als hätte sie ihr persönliches Limit an Tränen erreicht. Einen Tag nach dem anderen. Diesen Tag hat sie überlebt. Welche Ironie.

Sie erwacht vom Piepen ihres Handys. Hat sie vergessen den Wecker auszustellen? Draußen ist es bereits hell. Die Sonne scheint durch den Vorhang vor ihrem Fenster. Sie tastet nach ihrem Handy auf dem Fußboden vor ihrem Bett. Ein Anruf in Abwesenheit von Karla. Sophia atmet laut aus und lässt das Handy wieder auf den Boden sinken. Sie dreht sich zur anderen Seite und schließt die Augen erneut.

Zwei Stunden später weckt sie ihr knurrender Magen. Seufzend steht sie auf und fragt sich, warum ihr Körper sich noch mit so trivialen Dingen wie Hunger beschäftigen muss. Es gibt offensichtlich Wichtigeres im Leben.

Auf ihrem Handy blinkt die Benachrichtigungs-LED. ‚Wenn du wieder in Hamburg bist, lade ich dich sehr gern mal auf einen Kaffee ein‘, schreibt Karla. Sophia legt das Handy beiseite. Karla, die mit Samuel zusammen ist. Karla, die Jesper noch ständig sieht. Karla, die gar nicht Medizin studiert, sondern ihren Freund mit Halbwahrheiten über sich angeben lässt. Sophia begreift erst in diesem Moment, was die luftküsschenverteilende Karla ihr da im Krankenhaus eigentlich erzählt hat. ‚Das war echt mutig von dir‘, hatte sie gesagt. Was genau war denn mutig? Sich von einem Freund zu trennen, der nicht gut für einen war? Ein neues Leben zu beginnen, ohne zu wissen, was als nächstes passiert? Und das wusste Sophia definitiv nicht. Sie beschließt, Karla zu ignorieren. Sie will auch jetzt nichts mit Jesper zu tun haben. Auch nicht über irgendeine Hintertür. Und Karla war bisher nicht ihre Freundin. Ihre Freundin ist tot.

Eine Woche später steht Sophia frisch geduscht vor ihrer Wohnungstür und schließt ab. Sie betritt den Flur, der sie an die Großeltern erinnert und atmet die vertraute Luft ein. Der Weg in die Kanzlei wird nass. Sie setzt kurz vor dem Heraustreten die Kapuze ihrer Jacke auf und wappnet sich innerlich für den strömenden Regen.

Eine halbe Stunde danach betritt sie die Kanzlei und wird sofort von der Sekretärin begrüßt, die sie in den Arm nimmt.

„Wie schön, dass du wieder hier bist. Wir haben dich sehr vermisst. Da hast du uns aber einen ganz schönen Schrecken eingejagt", fügt sie hinzu, als sie Sophia auf Armlänge von sich streckt und zu prüfen scheint, ob noch alles an ihr dran ist. „Die Frisur sieht toll aus. So frisch und lebendig." Sie entlässt Sophia aus der Überprüfung. Sophia geht mit einem genickten Dankeschön ohne etwas zu sagen zu ihrem Schreibtisch. Mona sitzt bereits an dem Tisch neben ihr. Vor ihr ein Vertrag, auf dem ihr Name steht.

„Guck mal, ich bin jetzt fest angestellt", erklärt sie strahlend.

„Das freut mich für dich!", Sophia setzt sich auf ihren Stuhl und atmet tief ein. Mona lässt sich zu ihr rollen.

„Sag Bescheid, wenn ich irgendwas für dich tun kann."

„Danke. Lass uns einfach nur arbeiten. Das lenkt mich ab."

„Gut, dann hab ich gleich mal eine Frage."

Der Vormittag vergeht schnell. Eine Akte nach der nächsten. Einen Schriftsatz nach dem nächsten. Probleme erkennen und Lösungsvorschläge ausarbeiten. Wenn doch nur das ganze Leben so schematisch wäre, wie ein juristischer Fall. Sophia muss sich daran erinnern, dass es hier um echte Menschen und deren echte Probleme geht. Die juristisch schönste Lösung kann nicht zwangsläufig dafür sorgen, dass es den Mandanten auch besser geht.

Nach dem Mittagessen fragt Mona, wann das zweite Staatsexamen anstehe.

„In zehn Monaten. Langsam sollte ich mal anfangen zu Lernen. Aber irgendwie fällt es mir gerade echt schwer, mich den ganzen Tag nur mit den Problemen anderer Leute zu beschäftigen. Das lenkt zwar wunderbar von meinen eigenen ab, aber ich habe das Gefühl, dadurch auf der Stelle zu stehen und nicht voran zu kommen."

Mona legt den Kopf schief, während sie mit einer Hand ihr offensichtlich zu kurzes Passwort für den Kanzleicomputer eingibt. „Klingt so, als würdest du doch noch kündigen."

„Mhm? Nein, so meinte ich das gar nicht." Sophia starrt ihren immer noch schwarzen Bildschirm an. „Ich brauche das Geld ja auch. Aber ich hab jetzt so lange auf dieses Ziel hingearbeitet und weiß ohne Inga gar nicht mehr, was ich eigentlich will."

„Warum hast du denn Jura studiert?"

„Weil ich etwas bewegen wollte in der Welt. Ja ja, ich weiß, viel zu idealistisch für eine Juristin. Ich kann mich auch an die Reden der Professoren aus dem ersten Semester erinnern." Mittlerweile haben ihre Finger den Weg zu dem kleinen Knopf unten rechts am Monitor gefunden. Der Bildschirm flackert bei der Berührung auf.

„Und jetzt willst du nichts mehr bewegen?", fragt Mona.

„Schon, aber ich weiß nicht mehr was. Inga hat mich immer inspiriert. Sie wusste, was sie wollte und hat sich von nichts und niemandem aufhalten lassen. Sie steckte voller verrückter Ideen."

In der S-Bahn auf dem Weg nach Haus denkt Sophia über das Gespräch mit Mona nach. Seitdem sie wieder aus dem Krankenhaus entlassen wurde, hat sie das Gefühl, keinen festen Plan mehr für die Zukunft zu haben. Zu schwimmen, ohne das Ziel zu kennen. Kein Ufer, keine Insel, nicht mal eine Boje oder alte Holzplanke zur Rettung in Sicht. Sie schwimmt in dem Meer aus Tränen, das sie im Krankenhaus selbst gefüllt hat und weiß weder, wie sie darin gelandet ist, noch wie sie wieder herauskommt: Mit jeder Bewegung vertreibt sie die Wassermoleküle und verändert so ihre Umgebung in einen neuen Schauplatz. Wie soll sie so festen Boden unter den Füßen bekommen?

Sie öffnet den Messenger auf ihrem Smartphone mehr aus Gewohnheit, als mit einem konkreten Ziel. Fast erwartet sie, dass Inga ihr ein verrücktes Video von einem Haustier zugeschickt hat. Beim Scrollen stolpert sie über die letzte Nachricht von Karla. Sie hebt den Kopf und beobachtet für einen Moment die Alster, die durch die milchigen Scheiben der S-Bahn seltsam verwaschen aussieht. Karla, die Krankenschwester. Karla, die Freundin von Samuel. Auch dieses Bild scheint unscharf geworden zu sein. Ausgewaschen und nicht mehr eindeutig zuzuordnen. Ein Zustand, den Sophia noch nie mochte. Inga hätte schon zwanzig Becher Kaffee mit Karla getrunken, um mehr über diese Person herauszufinden, die sie im Krankenhaus kennen gelernt hat. Die Person, die mit der oberflächlich wirkenden modeverliebten Medizinstudentin vielleicht doch weniger zu tun hat, als gedacht. Sophia seufzt und fragt, ob man aus dem Kaffee vielleicht auch spontan einen Feierabendwein machen könne.

Zwei Minuten später antwortet Karla: ‚Meine Schicht ist gerade rum. Könnte in einer halben Stunde mit einer Flasche Wein bei dir sein, wenn das in Ordnung ist. Laute Musik kann ich nicht so gut ab, nach einem Tag auf Station.'

Sophia muss an all die piependen Geräte auf der Intensivstation denken und schickt einen Daumen zurück.

Eine Stunde später sitzen die beiden mit halb geleerten Weingläsern an Sophias kleinem Tisch. Es klingelt an der Tür. Sophia steht auf, bezahlt den Pizzalieferanten und kehrt mit den heißen Pappschachteln zurück.

„Meine erste Pizza seit Wochen. Ich hatte mir echt vorgenommen, gesünder zu essen."

„Ach, Ausnahmen sind doch bestimmt erlaubt, oder?", fragt Karla, die ihren Karton öffnet und den Geruch zu inhalieren scheint. „Ich mache das viel zu selten. Mir mal was gönnen. Eigentlich bin ich immer diejenige, die kocht, wenn wir was essen müssen." Sie beißt in ihr erstes Stück Pizza, das sich in der Mitte unter der Last des geschmolzenen Käses vor ihr verneigt. Sie schließt die Augen. „Mhm, mich machst du mit deiner Ausnahme gerade sehr glücklich."

Sophia lächelt. Im Grunde weiß sie gar nichts über Karla. Sie war immer nur der Anhang, der zwar präsent aber still war. Wie ein Stillleben, das man bewundert aber nicht auf das Innenliegende ansprechen kann. Es würde ja doch keine Geheimnisse preisgeben. Kunst spricht nur dann, wenn man nicht fragen muss.

Der grüne Flaschenhals der Weinflasche zwischen ihnen leuchtet im Kerzenlicht. Mit jedem Schluck aus ihrem Glas vergisst Sophia ein bisschen mehr vom ersten Arbeitstag und sackt etwas tiefer auf ihrem Stuhl in sich zusammen.

„Du bist müde, oder?", fragt Karla.

„Wahrscheinlich nicht so sehr wie du."

„Naja, ich bin das ja gewohnt. Aber du hattest jetzt ziemlich lange keinen Arbeitstag. Ich kann gleich nach dem Essen gehen."

Sophia spürt, wie die Müdigkeit sich in ihrem Körper ausbreitet. Trotzdem kommt ihr der Gedanke an das noch kalte Bett gerade nicht allzu verlockend vor.

„Aber du bist gerade erst gekommen. Ich wollte mich ja mit dir treffen. Wir kennen uns eigentlich seit Jahren und seit drei Wochen weiß ich, wie wenig ich im Grunde von dir weiß. Ich bin neugierig", fügt sie grinsend hinzu.

„Das ist mir auch in der Vergangenheit nicht entgangen. Was willst du denn wissen?"

Sophias Bauch beginnt zu kribbeln. Ja was eigentlich? Es fühlt sich wieder so an, als würde jemand einen Gürtel um ihren Oberkörper legen und würde diesen mindestens ein Loch zu klein einstellen.

„Du hast im Krankenhaus gesagt, es sei mutig von mir gewesen, Jesper zu verlassen. Wie meintest du das?"

Karla seufzt. Sie legt ihr letztes Stück Pizza zurück in die Schachtel und klappt den Deckel zu. Während sie darauf zeigt, erklärt sie: „Ist ganz schön viel." Sie trinkt einen Schluck Wein und sieht Sophia dann in die Augen. „Es braucht Mut, sich aus einer Lage wie deiner zu befreien. Ich habe wirklich Respekt davor. Ich habe mehr als einmal Gespräche zwischen Samuel und Jesper mitgehört, die nicht gerade freundlich waren. Abwertend und machohaft. Glaub mir, es ist auch nicht immer leicht, Samuels Freundin zu sein."

„Und warum seid ihr dann noch zusammen?"

„Warum wart ihr so lange zusammen?", beantwortet Karla die Frage mit einer Gegenfrage. Sophia nimmt sich trotz der sicher rhetorisch gestellten Frage die Zeit, darüber nachzudenken.

„Weil ich gar nicht verstanden habe, dass Jesper mich manipuliert. Ich dachte wirklich, wir seien leidenschaftlich ineinander verliebt." Sie zuckt mit den Achseln und streicht über die Narben zwischen Zeigefinger und Daumen. „Wir waren auch verliebt. Ich auf jeden Fall. Und er irgendwie auch. Aber er hat nie wirklich gelernt, das auch im Alltag auszudrücken. Und das wurde irgendwann wirklich anstrengend. Bei ihm gab es oft nur Schwarz und Weiß. Er war überglücklich oder unzufrieden. Normal gab es selten. Er hat angefangen, mich ändern zu wollen oder sich einfach zu nehmen, was er will. Ich verstehe immer noch nicht, wann genau das begonnen hat. Vielleicht war es immer so und ich habe es durch meine rosa Brille nicht gesehen. Aber ja, wir waren so lange zusammen, weil ich gar nicht verstanden habe, welches Ungleichgewicht zwischen uns herrscht. Erst Inga hat mich darauf gebracht. Zumindest, als ich mal angefangen habe, bei ihr um Rat zu fragen. Sie hat mir ganz klar gesagt, was normal ist und was nicht. Wie eine Galionsfigur hat sie mich aus diesem Beziehungsloch herausmanövriert. Das werde ich ihr nie vergessen." Sophia hat Tränen in den Augen und trinkt einen Schluck Wein. Karla schenkt den beiden nochmal nach. Sie lächelt.

„Das ist ein schönes Bild. Wie eine Galionsfigur." Sie legt die Hand auf Sophias Hand und fügt hinzu: „Danke für deine Ehrlichkeit. Deine Geheimnisse sind bei mir sicher."

Sophia schluckt. Sie spürt die Müdigkeit in sich. Unsicherheit. Warum sollten die Geheimnisse überhaupt unsicher sein?

„Wie meinst du das?", fragt sie direkt. Jesper schießt durch ihren Kopf. ‚Ich krieg dich.'

„Nur, dass ich dein Vertrauen nicht missbrauchen werde."

Der Gürtel um Sophias Brust ist noch enger geworden. Der Puls ist höher als vor fünf Minuten. Ihre Sinne sind geschärft. Von Müdigkeit keine Spur mehr.

„Wissen Jesper und Samuel eigentlich, dass du hier bist?" fragt sie und kann dabei nicht anders, als die Augen zu Schlitzen zusammen zu kneifen.

Karlas Rücken wird steif. „Sophia, ich bin deinetwegen hergekommen. Niemand weiß, dass ich hier bin. Was denkst du gerade? Dass ich Jesper gleich anrufe und ihm alles erzähle?" Tränen haben sich in ihren Augen gesammelt. Eine Träne rinnt aus ihrem Auge. Sophia hat Karla noch nie Weinen gesehen. Jesper hat auch geweint, wenn er etwas wollte.

„Was willst du wirklich hier?", fragt sie Karla.

„Mit dir reden. Für dich da sein, weil du gerade deine beste Freundin verloren hast."

„Wir sind keine Freundinnen. Wie kommst du darauf, dass ich dich jetzt brauchen könnte?"

Karla wischt sich die Tränen aus den Augen. „Ich wollte nur helfen." Sie steht auf und geht aus der Küche. Sophia bleibt zunächst sitzen, folgt ihr dann aber in den Flur. Karla wirkt nicht mehr so groß, wie noch vor einer Stunde. Eher in sich zusammen gefallen.

„Ich brauche deine Hilfe nicht", erklärt Sophia.

Karla legt die Hand auf die Türklinke und sagt leise: „Nein offenbar nicht. Aber ich hätte deine vielleicht gebraucht."

Sie öffnet die Tür und tastet mit der linken Hand nach dem Lichtschalter. Als das Flurlicht erleuchtet, setzt sie einen Fuß nach draußen.

„Es ist in Ordnung, dass du mir nicht vertrauen willst. Aber irgendwann musst du begreifen, dass du kein Opfer sein musst. Nicht hinter jedem Busch wartet eine Verschwörung auf dich. Du kannst dich auch ohne Inga sicher durch diese Welt navigieren. Du bist genau so eine Galionsfigur. Denk mal drüber nach." Sie sieht Sophia noch einmal in die Augen und schließt dann die Tür von außen.

Sophia steht in ihrem kleinen Wohnungsflur und lässt sich auf den Boden sinken. Hatte sie Karla gerade Unrecht getan? Wollte sie wirklich nur helfen? Hatte Karla vielleicht eigene Probleme und nur Schwierigkeiten, diese auszusprechen? So wie Sophia noch vor ein paar Wochen? Sophia erhebt sich schwerfällig und geht zurück in den Essbereich. Sie bringt die beiden noch mit Resten befüllten Pizzakartons in die Küche und kippt den Rest der Weinflasche in den Abfluss. Die Weingläser spült sie mit der Hand ab. Während sie die Hände in dem warmen Spülwasser bewegt, muss sie wieder an die letzten Worte Karlas denken. ‚Du bist genau so eine Galionsfigur.' Wie kann sie nur ihr eigenes Bild über Inga benutzen? Was bildet die sich eigentlich ein? Inga war viel besser, als Sophia es jemals sein könnte. Zugegebenermaßen etwas verpeilt, aber besser. Kreativer, mutiger, offener. All das, was Sophia niemals sein würde.

Sophias Blick bleibt an der Leinwand hängen, die sie in der Küche aufgehängt hat. ‚This is your time – use it wise.' Sie steht einfach nur da. Das Wasser an ihren Händen wird kalt. Kein Opfer sein. Ihr fällt der Einkauf aus dem Künstlerbedarf wieder ein. Ein Blick auf die große Küchenuhr. Schon nach neun. Sie gähnt. Eigentlich sollte sie ins Bett. Trotzdem öffnet sie die oberste Schublade links neben sich und holt eine Leinwand heraus. Die Acrylfarben drückt sie auf ein kleines Brett, das ihr der Verkäufer empfohlen hat. Sie setzt sich an den Tisch und lächelt. Kurzerhand legt sie die Leinwand, die für den Tisch viel zu groß ist, auf den Fußboden.

„Dann lass uns mal meine Wände verzieren", sagt sie in die Leere und seufzt. Sie denkt nicht weiter nach. Ohne Plan mischt sie Farben auf dem Brett und direkt auf der Leinwand, benutzt verschiedene Pinsel und einen Rest Zeitungspapier, der noch neben ihr lag. Ihre Hände arbeiten und ihr Kopf lässt alles geschehen. Der Geruch der Farbe benebelt ihre Sinne zusätzlich zu dem Wein. Ein Rausch. Ein Moment mit Inga. Ohne Inga, aber mit ihrer Idee. Mit ihrer Begabung, im Moment zu leben. Nicht nach vorne und erst recht nicht nach hinten schauen. Nur die Aufgabe direkt vor ihr. Sophia spürt, wie ihre Hände einen Rhythmus finden und die Pinselstriche auf der Leinwand sich fast wie Musik anhören. Sie wippt mit den Füßen im Takt und bewegt den Kopf sanft auf ihren Schultern hin und her. Ihre braunen Locken hüpfen auf und ab, während sie mit der Zunge schnalzt. Kniend über die Leinwand auf dem Fußboden gebeugt, vergisst sie, wo sie ist und auch ein bisschen, wer sie ist. Farbe sammelt sich an ihren Fingern und läuft in die trockenen Risse ihrer Haut. Haut, die bereits eine Geschichte erzählt. Jetzt erzählt sie noch mehr. Erzählt von Freundschaft und Liebe, von Schicksalsschlägen und Wendungen. Sophia legt den Pinsel neben die Leinwand. Sie sieht ihr Bild zum ersten Mal an. Versucht, sich Ingas Reaktion vorzustellen. ‚Wunderschön', erklingt ihre Stimme im Hinterkopf. Sophia runzelt die Stirn. Sie kann nicht einmal erkennen, was genau sie da gemacht hat. Eine Mischung aus verschwimmenden Bäumen und Seen, Bachläufen und viel, wirklich viel Farbe und Muster kann sie erkennen. Es kommt ihr fast so vor, als hätte nicht sie die letzte Stunde mit dieser Leinwand verbracht. Rot und

Orange, Gelb und Grün. Die schwarze Tube ist noch geschlossen. Auch das Dunkelblau ist nur bis auf zwei Kleckse verbraucht. Sophia lächelt. Ihr eigenes Gemälde schreit ihr Glück entgegen. Sie muss nur genau hinsehen.

Mittlerweile zeigt die Uhr in der Küche fast elf Uhr an. Sie lässt die feuchte Leinwand liegen und taucht die Pinsel in Wasser ein. An die Wand kann sie das Bild heute ohnehin nicht mehr bringen. Sophia legt sich mit gewaschenen Händen und leerem Kopf ins Bett. Das erste Mal seit dem Unfall schläft sie durch.

Sie erwacht noch vor ihrem Wecker. Für einen Moment weiß sie nicht, wo sie ist. Dann erkennt sie ihr neues Schlafzimmer und erinnert sich wieder an ihren Weg hierher. An die Trennung von Jesper, an Ingas Tod. An ihren Krankenhausaufenthalt und an den gestrigen Abend. Karlas Worte empfangen sie vor dem Badezimmerspiegel erneut. Sophia sieht sich selbst in die Augen und sagt laut in die Stille des Morgens:

„Ich bin kein Opfer." Ihr Spiegelbild sieht sie an. Mitleidig.

Inga hatte nie Selbstmitleid. Vollkommen egal, was ihr widerfahren ist, sie nahm es hin und reagierte gelassen auf die Veränderung. Eine echte Lebenskünstlerin. Sophia überlebt eher, als zu leben. Sie mustert sich von Kopf bis Fuß. Galionsfigur. ‚Ja klar, was denn sonst‘, klingt die fiese kleine Stimme in ihrem Kopf, die immer noch verdächtig nach Jesper klingt.

Sie seufzt und streckt den Rücken durch. Sophia fasst einen Entschluss. Sie geht in die Küche und setzt sich ungewaschen und in Unterwäsche an ihren Tisch. Das rote Notizbuch liegt noch unter den nicht geöffneten Tuben der Acrylfarbe. Der Raum riecht nach frischer Farbe. Sie wirft einen Blick auf die Leinwand, die sie gestern Abend wie im

Rausch bemalt hat. Kann nicht glauben, wie ihre Hände überhaupt dazu im Stande waren. Sie schlägt das Notizbuch auf. Beginnt einen Brief, der nicht frankiert werden muss.

„Meine liebste Knutschkugel,

ich weiß nicht, wo ich anfangen soll. Wie verrückt bin ich eigentlich, einer Toten zu schreiben? Ich sitze in Unterwäsche in meiner Küche und friere mir den Hintern ab. Aber ich muss jetzt etwas los werden.

Du fehlst mir schrecklich und es fällt mir schwer, ohne deine navigierenden Fähigkeiten durchs Leben zu gehen. Zumindest dachte ich das bis vor fünf Minuten noch. Aber ich glaube, dass ich gerade etwas ganz Wichtiges verstanden habe: Du warst meine beste Freundin und Vertraute. Wir haben so viel Zeit miteinander verbracht, dass ich doch eigentlich genau weiß, wie es geht. Genug mit dem Selbstmitleid. Genug mit der Opferrolle, die irgendwie auch bequem geworden ist. Ja, die Trennung von Jesper war schlimm für mich. Aber natürlich weiß ich tief in mir, dass es besser so ist.

Ich bin so stark, wie du es mir immer wieder gesagt hast. Leider höre ich dich erst jetzt. Jetzt, wo du nicht mehr da bist. Das Leben ist grausam. Ich bin mir allerdings auch sicher, dass du nicht wollen würdest, dass ich jetzt jeden Tag in meiner Trauer um dich tiefer in den Morast an negativen Gedanken sinke. Oder?

Ich kann förmlich spüren, wie du gerade hinter mir stehst und meine Malerei von gestern Abend bewunderst. Wie du dich freust, dass ich gerade nicht erst meine Zähne geputzt habe, sondern dem Impuls, dir zu schreiben, gefolgt bin. Du warst eine Lebenskünstlerin. Neben dir hab ich mich nur wie eine Überlebenskünstlerin gefühlt. Genug mit dem

Überleben. Ab jetzt lebe ich. Für dich. Und für mich. Vor allem für mich. Du kannst ja schon die Ewigkeit genießen.

Keine Sorge. Ich bleibe ich. Regelkonform und brav. Meistens. Du weißt, welche Ausnahmen ich meine:) Aber trotzdem möchte ich nicht mehr nur noch Beifahrer sein. Es braucht wahrscheinlich auch keine Veränderung des Lebens. Nur eine Veränderung meiner Einstellung. Was meinst du?

Dein Tod kam viel zu früh. Wem sag ich das? Hoffentlich geht es dir wunderbar, wo du jetzt bist. Ich bleibe noch eine Weile hier. Ich verspreche dir: Ich mache das Beste draus.

Im nächsten Winter schreibe ich mein Examen. Gerade weiß ich noch überhaupt nicht, was ich bis dahin, geschweige denn danach mache. Aber ich weiß, dass ich es schon heraus finden werde. Ich vertraue einfach darauf. So wie du immer auf alles vertraut hast.

Gestern habe ich Karla gesagt, du seist für mich wie eine Galionsfigur gewesen. Sie meinte, ich könne das auch sein. Vielleicht hatte sie recht. Du würdest es bestimmt so sehen. Ich denke, ich habe ihr Unrecht getan. Ich mache das wieder gut. Angst bringt mich nicht weiter. Jesper hat sich seit Wochen nicht bei mir gemeldet. Wieso sollte er jetzt über Karla versuchen, Kontakt aufzunehmen? Ein bisschen paranoid bin ich schon geworden in den letzten Wochen.

Liebe Inga, ich gelobe hiermit feierlich in Unterwäsche, dass ich mich nicht von negativen Gedanken leiten lasse, sondern die schönen Dinge im Leben sehen will.

Ich werde dich niemals vergessen. Deine erfüllte Art ist meine Kompassnadel für die Zukunft. Es hat ein bisschen gedauert, aber ich habe es jetzt verstanden.

Ich hab dich unglaublich lieb.

Deine Sophia.

P.S. In etwa 70 Jahren kannst du von Zeit zu Zeit mal mit einem Cocktail an der Pforte vorbei kommen. Ich würde mich über einen Begrüßungsdrink freuen."

Sophia legt den Stift beiseite und liest den hingekritzelten Brief nochmal durch. Etwas wirr, aber echt. Sie reißt die Seiten aus dem Büchlein, faltet sie und verbrennt sie in einer Kaffeetasse. Die Asche streut sie über das noch nicht ganz trockene Bild hinter ihr. Jetzt ist die Wandmalerei perfekt. Sie geht zurück ins Badezimmer, macht sich fertig und ruft dann bei Karla an.

„Guten Morgen, es tut mir leid, wie ich dich gestern Abend behandelt habe. Ich war paranoid. Wenn du willst, starten wir nochmal von vorn. Du meintest, du hättest meine Hilfe gebrauchen könne. Bitte melde dich nochmal. Ich bin jetzt so weit." Die Mailbox piept. Mehr ist ohnehin nicht zu sagen.

ERNSTHAFT 2.0

Fast 500 Personen sitzen in der Sporthalle. Die Luft ist nach über fünf Stunden stickig und verbraucht. Sophia spürt die Fingerspitzen ihrer rechten Hand kaum noch, schreibt aber trotzdem mit kratzenden Geräuschen auf die leeren Seiten vor ihr. Noch 10 Minuten. Durst. Keine Zeit, etwas zu trinken. Endspurt. Sie bewegt kurz die Schultern, die sich in einer krummen Haltung wie festgeschnallt anfühlen. Sie hat schon 35 Seiten geschrieben. Es fehlt nur noch die Schlussfolgerung. Ein letztes Mal. Noch 5 Minuten. Sie wird langsamer. Schreibt jetzt wieder ordentlicher. Die Zeit wird reichen. Dann setzt sie den letzten Punkt und legt den Stift beiseite, nachdem sie den Deckel darauf gedreht hat. Sie blickt auf die große Uhr auf der Bühne. Noch 60 Sekunden. Ihre letzte Examensklausur liegt fertig bearbeitet vor ihr. Sie schiebt den Papierstapel von sich weg und lehnt sich zurück. Streckt die Arme in die Luft und knetet sich die rechte Hand und den Unterarm. Sie bemüht sich, kein Geräusch zu machen. Die Konzentration im Raum ist genauso spürbar, wie die schlechte Luft. Auch am Platz neben ihr wird der Prüfling fertig. Schiebt die Klausur beiseite und trinkt einen Schluck Wasser.

„Die Zeit ist um." Der Prüfungsvorsitzende hat sich erhoben und gibt den zwanzig Helfern ein Zeichen, alle Klausuren einzuräumen. „Bitte legen Sie sofort alle Stifte beiseite. Sie kennen das schon. Alles andere wird als Unterschleif bewertet und sofort mit o Punkten benotet." Sophias Klausur wird eingesammelt. Langsam löst sich die Stille auf, obwohl keiner spricht. Bücher werden in Koffern verstaut, Stifte eingepackt und Chipstüten geöffnet. Vor den Toiletten bilden sich sofort Schlangen.

Sophia verharrt einen Moment auf ihrem Platz. Sie hat es geschafft. Hat alle Klausuren geschrieben. Die Noten kommen erst in einigen Wochen. In diesem Moment ist ihr deren Ergebnis vollkommen egal. In den letzten Monaten hat sie mehr als einmal ernsthaft daran gezweifelt, ob sie es bis zu diesem Tag schafft. Sie steht auf und freut sich auf ihr Bett. Glückliche Erschöpfung macht sich in ihren Gliedmaßen breit.

Vorbei an den Gesprächen über den Inhalt der Klausuren und über die Pläne für den heutigen Abend. Vorbei an den müden Körpern, die wie im Rausch ihre Jacken anziehen. Vorbei an all den Gesichtern, die zaghaft lächeln und sich zu fragen scheinen, ob dieser Moment wirklich gekommen ist.

Vorbei und raus in die frische Luft. Es ist wieder kalt geworden. Sophia hat ihre Jacke noch nicht geschlossen und setzt mit einer Hand mühsam ihre Mütze auf die braunen Locken, die noch wilder hin und her wippen, als vor zehn Monaten in Marias Salon. Sie hört sie, bevor sie sie entdeckt hat. Karla ruft laut ihren Namen und rund um sie herum beginnt eine Gruppe junger Frauen in ihrem Alter zu applaudieren.

Sophia muss grinsen und bleibt einen Moment auf den Stufen zum Eingang stehen. Ihr Rollkoffer neben ihr wackelt kurz, pendelt sich dann aber doch ein. Sie winkt der Gruppe zu und schließt schnell ihren Mantel.

„Ihr solltet doch nicht kommen", ruft sie noch aus 10 Meter Entfernung, als sie sich der Gruppe nähert. Sie erkennt Marissa, Leonie und Mona. Dahinter drehen sich gerade Sandra und Jenni um und halten ein offensichtlich selbst bemaltes Plakat mit Glückwünschen in die Luft.

„Überraschung", ruft Karla laut und geht Sophia entgegen, um sie fest in den Arm zu nehmen. Sie nimmt ihr den Bücherkoffer ab und zieht ihn zu der Gruppe.

„Ihr wisst aber schon, dass ich noch nicht bestanden habe?", fragt Sophia und deutet auf das Glückwunschplakat.

„Ja", Mona nickt. „Aber wir wissen auch, was das für ein Kraftakt war und dazu wollten wir gratulieren."

Marissa hat zwischenzeitlich eine Flasche Sekt geöffnet und hält Sophia die Flasche entgegen.

„Auf dich!"

Sophia zuckt mit den Achseln und lacht. „Auf mich!" Sie setzt die Flasche an den Mund und trinkt einen großen Schluck der sprudelnden Flüssigkeit. Vor lauter Kohlensäure läuft ihr der Sekt fast wieder aus dem Mund heraus. Sie prustet nach dem ersten Schluck los.

„Leute ich hab seit fast sechs Stunden nichts Richtiges gegessen. So werde ich gleich sehr betrunken sein."

„Das war der Plan." Karla hebt die Hände entschuldigend in die Luft und legt einen Arm um Sophias Schulter.

„Hast du Lust mit uns etwas essen zu gehen, oder möchtest du lieber schlafen?"

Sophia denkt einen Moment nach. „Eigentlich wollte ich gern schlafen. Aber jetzt fühle ich mich doch ganz fit. Eine

Pizza esse ich gern und danach würde ich mich dann wirklich gern aufs Ohr hauen."

„Klasse, so haben wir uns das auch gedacht. Dann bitte: Die Flasche ist für dich. Wir haben vorher schon mal auf dein Wohlergehen angestoßen", erklärt Mona und hebt zwei geleerte Flaschen in die Luft.

In der Pizzeria ist es warm und die Frauen an Sophias Tisch unterhalten sich über Alles und Nichts. Als die Getränke serviert werden, steht Karla auf.

„Ich möchte etwas sagen."

Alle blicken sie an.

„Liebe Sophia, im Namen von uns allen möchte ich dir nochmal ganz herzlich zu deiner Leistung gratulieren. Egal, ob und wie du bestanden hast. Und wir sind uns eh einig, dass alles prima gelaufen ist. Wirklich vollkommen egal: Du hast uns in den letzten Monaten gezeigt, was es heißt, für sich selbst einzustehen, den eigenen Wert zu erkennen und den eigenen Werten bedingungslos zu folgen. Wir sind dir für deine Freundschaft und Kreativität unglaublich dankbar."

Am Tisch nicken alle und heben nun ihr Glas. Zuerst erhebt sich Mona, dann stehen alle Frauen außer Sophia auf.

„Auf Sophia", beginnt Mona.

„Spieglein, Spieglein an der Wand, wer ist ehrlich zu sich und macht es dann bekannt?" Sprechen alle im Chor, bevor sie ihre Gläser zusammenstoßen.

Der Spiegel im Badezimmer hätte mal wieder geputzt werden können. Sophia sah das an diesem Morgen nicht. Sah zuerst ihr Spiegelbild voller Mitleid an und wusste dann, was zu tun war. Die Entschuldigung gegenüber Karla fiel ihr leichter, als sie gedacht hätte. Der Brief an Inga hatte den

Gürtel um ihren Brustkorb endgültig zum Bersten gebracht. Sie stand nun vor dem Spiegel und dachte zum ersten Mal die Worte, die sie von nun an fast täglich begleiten sollten.

‚Spieglein, Spieglein an der Wand, bin ich ehrlich zu mir und mache es auch bekannt?' Sophia wunderte sich selber, vorher die Worte auf einmal kamen. Sie schrieb sie sofort in ihr kleines rotes Buch. ‚Echte Aufrichtigkeit mit sich selbst ist der erste Weg zu mehr Selbstwertgefühl', schrieb sie darunter. Ein Leitspruch.

An diesem Abend traf sie sich ein weiteres Mal mit Karla. Weniger voreingenommen, dafür ehrlich. Karlas Geschichte war nicht ihre Geschichte. Aber auch eine Erzählung geprägt von Höhen, Tiefen, Unsicherheiten und Ängsten.

„Ich habe heute morgen etwas Lustiges gedacht", sagt Sophia danach. „Vielleicht kannst du was damit anfangen." Sie wiederholte den Spiegelsatz, erklärte ihn. „Am Ende weißt du doch schon tief in dir, was du zu tun hast. Du brauchst niemanden, der dir das sagt. Was du brauchst ist höchstens jemand, der deine Annahme bestätigt und vorher einen Realitätscheck macht, oder?", fragte sie nach einem fünfminütigen Monolog.

Karla schwieg. Dachte über die Worte nach und nickte nur. Zwei Stunden später ging sie nach Hause und nahm Sophia zum Abschied in den Arm.

„Ich habe dir doch gesagt, du bist genau so eine Galionsfigur wie Inga. Danke!"

Zwei Tage später erwähnte Sophia den Spiegelsatz gegenüber Mona, die den Mund öffnete, den Kopf schief legt und murmelte: „Genial. Vielleicht solltest du nen Verein gründen."

„Du bist echt schon zu lange am Studieren. Es muss nicht alles gleich eine juristische Form annehmen." Sophia lachte und schüttelte den Kopf, während sie sich wieder ihrem Salat widmete. Die halbstündige Mittagspause wollte sie nicht mit noch mehr Juristerei verbringen.

„Ich mein das Ernst. Du hast mir mittlerweile echt ne' Menge über dich erzählt und es scheint dir damit jeden Tag besser zu gehen. Warum gründest du nicht irgendwas, muss ja kein Verein sein, um anderen in ähnlichen Lebenslagen zu helfen?" Sie sah Sophia an, die zwar lächelte, aber ansonsten einfach weiter ihren Salat aß.

„Das Leitmotiv hast du doch schon. Ehrlichkeit führt zu mehr Selbstwertgefühl und -bewusstsein. Einfach aufrichtige Entscheidungen für sich selbst zu treffen klingt so simpel, ist aber doch ganz schön schwer. Oder? Du hast selber gesagt, ohne Ingas klare Einordnung damals, hättest du dich nicht von Jesper getrennt. Wieso solltest du nicht einen Rahmen schaffen, in dem man sich genau so eine Einordnung ohne Risiko abholt?" Monas Wangen glühten. Sie war sichtlich aufgeregt bei der Vorstellung.

„Weil ich weder das psychologische Know-How noch die Zeit habe. Erinnerst du dich? In neuneinhalb Monaten schreibe ich mein zweites Staatsexamen." Sophia sah Mona an und zog die Augenbrauen hoch.

Doch die Idee war in Sophias Kopf wie ein wilder Samen gesät und wuchs unbändig wie Unkraut. Die Examensvorbereitung rückte immer wieder in den Hintergrund. Die Spiegelfrauen waren geboren und ließen sich mit tatkräftiger Unterstützung von Karla und Mona nicht mehr aufhalten. Das Beet aus Unkraut wurde ein Hochbeet aus wunderschönen Wildblumen, die Sophia nur noch zu pflegen brauchte.

Sophia blickt den Tisch in der Pizzeria auf und ab und lächelt bei dem Gedanken an die letzten Monate. Sie ist stolz. Hat ein Projekt gegründet, das jeden Tag wächst und sie glücklich macht. Der Schmerz, der dazu geführt hat, ist nicht weg. Aber sie hat ihn in einer gut sichtbaren Ecke abgestellt und besucht ihn nur von Zeit zu Zeit. Sie streicht über das Sternenarmband an ihrem Handgelenk. Fast automatisch richtet sie den Blick nach oben gen Decke. Den Himmel darüber muss sie nicht sehen können, um zu wissen, dass Inga gerade Konfetti auf ihrer Wolke verstreut.

Manche Wendungen im Leben kommen genauso plötzlich und unerwartet wie der schreckliche Tod der besten Freundin. Sophia seufzt und schneidet ihre Pizza an. Der Käse verläuft auf dem Stück. Extra viel davon. Man kann nie wissen, ob es nicht der letzte Genussmoment ist.

„Und was hast du jetzt vor?", fragt Sandra, die ihr gegenüber sitzt. Sophia kaut zuerst den Bissen auf und nutzt die Zeit, nachzudenken.

„Also wenn ich bestanden habe, würde ich die Spiegelfrauen tatsächlich gern vorantreiben und groß machen. Mittlerweile glaubt nicht mehr nur Mona hier", sie tätschelt Monas rechten Ellenbogen, „daran, eine juristische Form zu finden. Ich dachte allerdings eher an eine Stiftung oder so. Habe ich noch nicht entschieden."

Die Runde nickt und murmelt zustimmend.

„Naja und ansonsten wollte ich jetzt ein bisschen Urlaub machen. Eventuell fahre ich über Weihnachten wieder weg. Aber das habe ich noch nicht entschieden."

„Oh cool, wohin willst du denn?", fragt Marissa.

„Vielleicht wieder nach Schweden. In Gedenken an Inga. Aber ich bin mir nicht sicher, ob ich schon so weit bin. Möglicherweise warte ich damit auch noch ein Jahr." Ihr Gesicht lächelt nicht mehr. Sie steckt sich schnell ein weiteres Stück Pizza in den Mund, um nicht weiter sprechen zu müssen.

Karla übernimmt das Wort und legt Sophia unter dem Tisch eine Hand auf den Oberschenkel. Sophia drückt die Hand dankbar.

Nach dem Essen verabschiedet sich Sophia und geht direkt nach Haus. In ihre kleine, aber eigene, Wohnung. Sie legt die Schlüssel auf die Küchentheke, wirft einen Blick auf das Gemälde über dem Sofa und legt sich dann mit ihrer Kleidung ins Bett. Sie schließt die Augen und schläft ein.

Der Wecker klingelt um halb sechs abends. Um sechs kommen die Frauen und wollen vor dem Feiern Vorglühen. Sophia fühlt sich aber eher so, als müsse sie nach der Flasche Sekt erst noch ausnüchtern. Sie geht langsam zum Kühlschrank und ruft sich den Vormittag zurück ins Gedächtnis. Die letzte Klausur. Die Erleichterung danach. Die köstliche Pizza. Der Kühlschrank ist leer. Ihr Essensplan hat bis gestern wunderbar funktioniert. Ein Blick auf die Uhr. Noch 25 Minuten, bis die Gäste eintreffen. Sie zieht schnell die Winterstiefel und die Jacke an. Schminken und aufstylen kann sie sich auch noch später. Der Supermarkt um die Ecke ist jetzt wichtiger.

Den Einkaufswagen füllt sie mit so vielen Chipstüten, dass sie sich selber fragt, wer all das essen soll. Eine Banane für das gute Gefühl wandert auch noch dazu. An der Kasse kramt sie tief unten in der Handtasche nach ihrem Portmonee.

„Versorgst du etwa eine ganze Fußballmannschaft?", fragt sie eine vertraute Stimme. Jemand tippt ihr auf die Schulter. Die Stimme. Tief. Warm. Gemütlich. Schweden. Sie hebt den Blick und sieht in Simons Augen. Er grinst. Sie beißt sich auf die Unterlippe und grinst zurück.

„Dieses Mal lasse ich dich aber nicht gehen, ohne deine Nummer zu haben", sagt er.

Sophia lacht. „Deal ist Deal."

Ende.

EPILOG

Mit der Liebe ist es so: Sie wächst langsam und dann ist sie da. Und manchmal gibt es bei diesem Wachstumsvorgang einen Fehler, eine Abweichung im genetischen Material der Beziehung zweier Menschen. Normalerweise endet das in einem schnellen, oft schrecklichen Ende: Einer schmerzhaften Fehlgeburt. Die Liebe bekommt durch eine Trennung gar nicht erst die Chance, weiter zu wachsen. Aber manchmal setzt sie sich trotz ihres Fehlers durch. Was dann geschieht? Die Liebe ist da. Sie sieht aus, als wäre sie gesund, sie fühlt sich an, als wäre sie gesund. Leidenschaftlich, emotional, energiegeladen und meistens überschwänglich glücklich. Die Liebe ist aus Sicht der Liebenden gesund und kann so überleben. Aber sie kann auch das genaue Gegenteil. Sie kann zerstören. Ein einziger Geburtsfehler bei der Zeugung kann so gewaltige zerstörerische Wirkungen wie ein Tsunami erzeugen.
Wellen, die Küstenstreifen brechen können, können auch Persönlichkeiten brechen. Können Charaktere schwächen

und Mut und Hoffnung auslöschen. Nur ein guter Damm hält diesen Angriffen statt. Ein Damm, der durch Freundschaft genährt wird, aber nur aus eigener Kraft errichtet werden kann. Die zerstörte Seele nach einer Liebe mit Geburtsfehler lässt sich nicht von außen richten. Sie kann nur von Innen zusammengesetzt werden. Stück für Stück und Tag für Tag.

Sophia ist nicht die einzige, die das schaffen kann.

DANK

Mein geliebter Mann, ich danke dir: Dafür, dass du mich auf meinem Weg bedingungslos unterstützt und mich auch liebst, wenn ich gerade furchtbar bin. Ohne dich hätte ich nicht den Mut gehabt, dieses Buch zu schreiben.

Außerdem danke ich meinen Testleserinnen Mellie, Freya, Charlotte, Anne und Anna. Eure Begeisterung hat mich ermutigt und eure Hinweise haben die Geschichte besser werden lassen.

Ein ganz besonderer Dank geht an Ni Putu Paulina Merta, die das Buchcover in liebevoller Kleinstarbeit gestaltet hat und mich mit ihren Worten und ihrer Leidenschaft für das Thema vollkommen umgehauen hat. Ich freue mich jetzt schon auf unser nächstes gemeinsames Projekt, das sicher kommen wird!

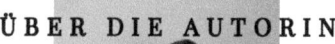

ÜBER DIE AUTORIN

Anna Lena Stapelfeldt, geboren 1991, lebt an der Ostseeküste und schreibt entsprechend ihrer nordischen Natur zwar nicht wortkarg, aber aufrichtig auf den Punkt. Sowohl in den von ihr bereits auf annalenastapelfeldt.de veröffentlichten Geschichten zum positiven Start in den Tag als auch in ihrem Debütroman berührt sie vor allem zwischen Zeilen und behandelt immer wieder Themen wie Selbsterkenntnis und Empowerment. Sie arbeitete nach ihrem Studium als Anwältin und erlebte dabei häufig Missstände, die insbesondere Frauen trafen. Nach der Geburt ihres ersten Kindes entschied sie, ihre Stimme kreativer zu nutzen, um auf kritische Themen aufmerksam zu machen und Frauen zu einem bewussteren und selbst bestimmten Leben zu inspirieren.

Für Lob und konstruktive Kritik ist die Autorin dankbar und jederzeit unter **kontakt@annalenastapelfeldt.de** zu erreichen. Auch mit einer **Rezension auf Amazon.de** können Leserinnen sie sehr glücklich machen.
Folge der Autorin auch auf Instagram unter **@annalenastapelfeldt**.